八木喬 著
和歌でつづる
万葉集物語
上巻
令和
太宰府
梅花の宴
初春の令《よ》き月、氣淑く和《なご》み
櫂歌書房《とうかしょぼう》

画　朽原彪
写真　西村光雄
ブックデザイン　西川千恵

# 古代日本史の植物

撮影・文　西村 光雄

八世紀ころまでの日本の記録に登場する植物を写真で紹介します。古く使われていた植物名は現代の植物の種名より幅が広く、属くらいに相当することが多いのです。ここでは古い名前に対応すると考えられている代表的な植物種の写真を出しています。古名と記したものはよく使われた名や表記法で、すべてを網羅したものではありません。

## 万葉集に登場する植物

アカメガシワ
古名：ひさぎ（比佐木、久木）、あからがしは（安可良我之波）、ごさいば（御菜葉）
出典：出雲国風土記、万葉集

ヤマアイ
古名：やまあゐ（山藍、山漆）
出典：出雲国風土記、万葉集

アサザ
古名：おみなめ（荇菜）、も（蔞）、あざさ（阿邪左）
出典：日本書紀、万葉集

ユズリハ
古名：ゆづるは（弓絃葉、由豆流波）
出典：万葉集

ヒルガオ
古名：かほばな（容花、可保婆菜）
出典：万葉集

ハマユウ
古名：はまゆふ（浜木綿）
出典：万葉集

ヤマユリ
古名:ゆり（百合、由利、由理）
出典：古事記、日本書紀、出雲国風土記、催馬楽、万葉集

ノキシノブ
古名：しだくさ（子太草）
出典：万葉集

ツユクサ
古名：つきくさ（月草、鴨頭草）
出典：万葉集

ノカンゾウ
古名：わすれぐさ（和須礼久佐）、くわんざう（萱草）
出典：万葉集

ヒオウギ
古名:からすあふぎ、ぬばたま（奴婆玉）、うばたま、ひあふぎ（檜扇）
出典：古事記、日本書紀、出雲国風土記、万葉集

ヘクソカズラ
古名：くそかづら（屎葛、久曽可都良）、かばねぐさ（女青）
出典：出雲国風土記、万葉集

クズ
古名：くず（葛、久受）
出典：出雲国風土記、神楽歌、万葉集、続日本紀

フジバカマ
古名ふぢばかま（藤袴）
出典：万葉集

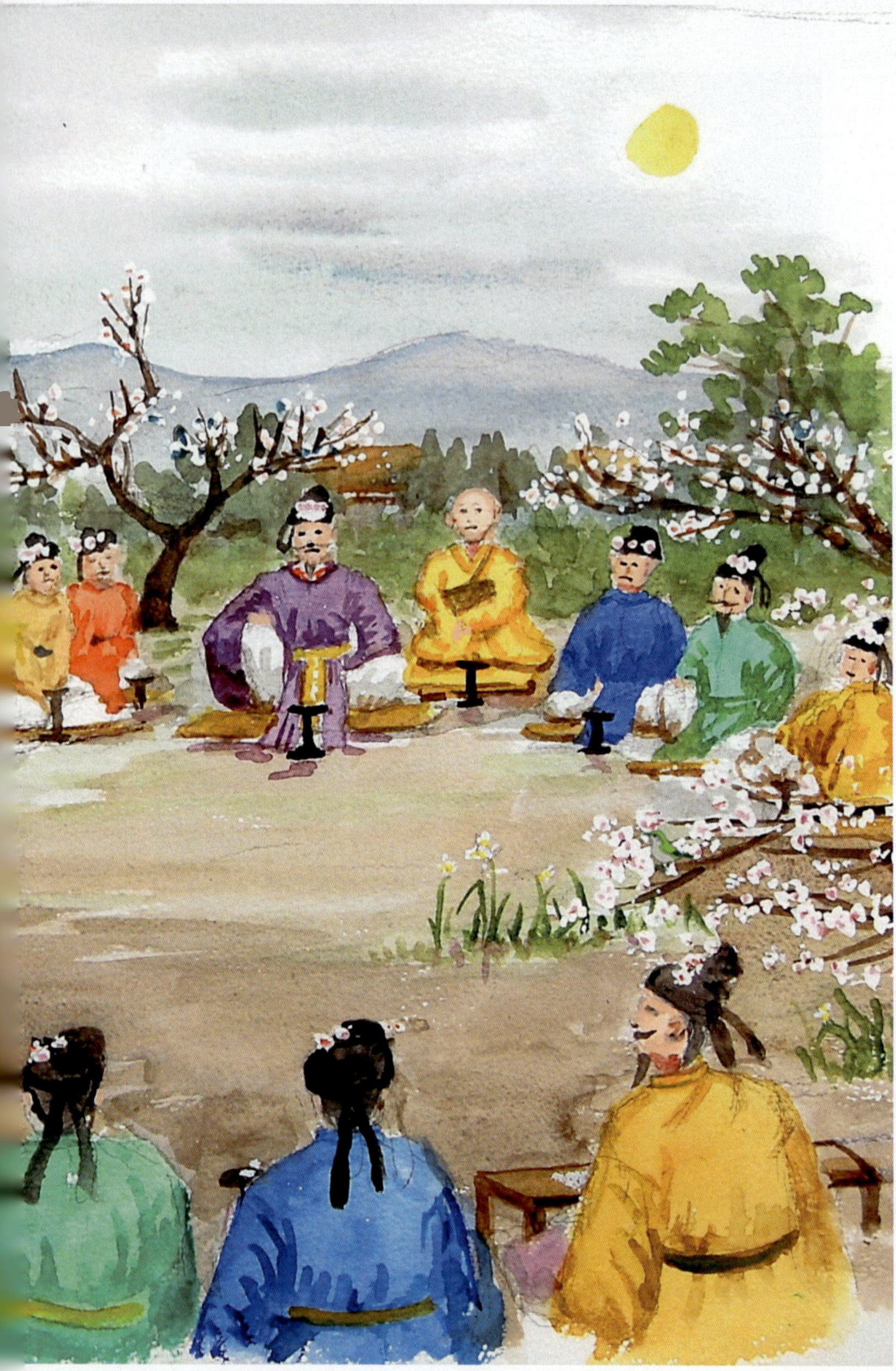

# 目次

第一部　遠の朝廷の歌
一　魂振りの使者、筑紫へ　5
二　遠の朝廷にて　21
三『梅花の宴』、そして帰京へ　46
第二部　大伴家の人びと
四　大伴家の女たち　67
五　大伴一族の集まり　98
六　多治比家を訪ねて　115
エピローグ　127

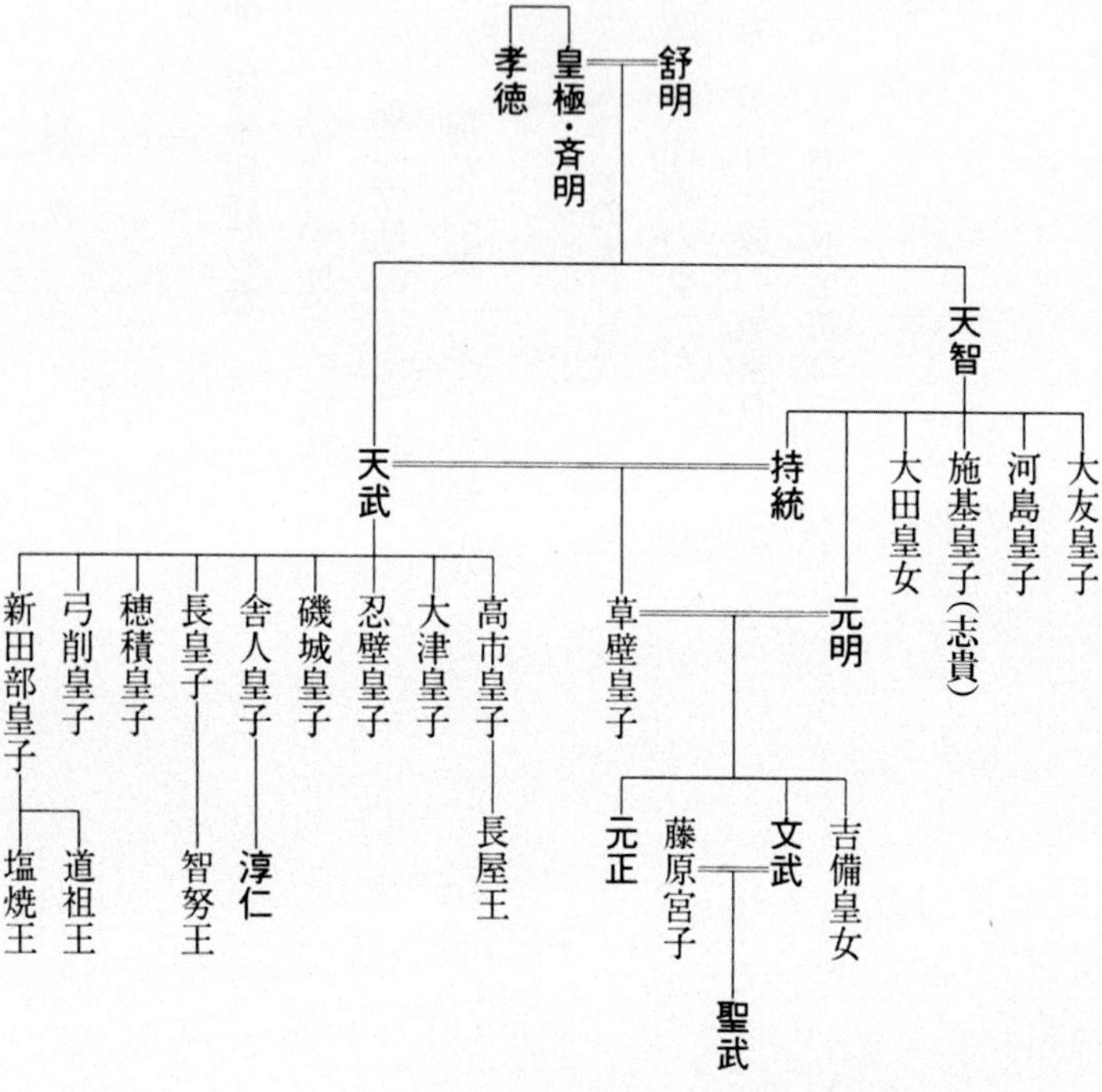


出典：『飛鳥の都』（吉川真司、岩波新書）

## 天皇家系図

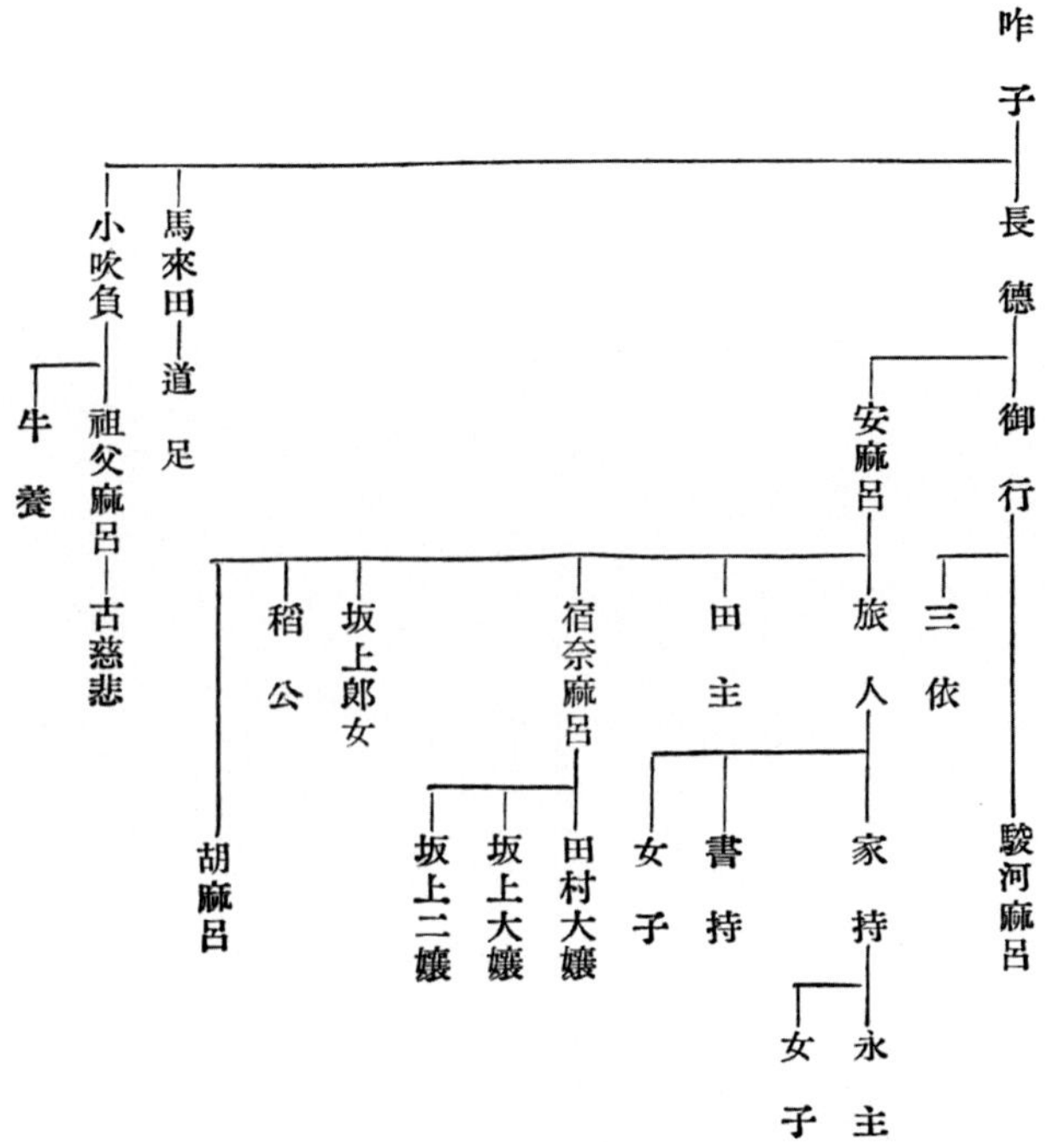


出典：『萬葉辞典』（佐々木信綱、中央公論社）

## 大伴氏系図

※歌の口語訳およびエピローグで『新編日本古典文学全集　万葉集①～④』（小島憲之他、小学館）を参考、引用した。

# 第一部　遠《とお》の朝廷《みかど》の歌

## 一　魂振《たまふ》りの使者、太宰府へ行く

神亀五年（七二八）晩秋、九州・太宰府の帥《そち》（長官）大伴旅人卿から筑紫国守山上憶良《やまのうえのおくら》の許に迎えの牛車が来た。伝言に「きのう都からわしの異母妹・坂上郎女《さかのうえのいらつめ》が来て、わしら二人に特に願いがあるという、都合をつけて来宅されたし」とあり、憶良は夕食も早々に太宰府政庁奥にある帥《そち》の館まで一里ほどの道を急いだ。既に七十歳近く、脚には持病からくる麻痺もあったが、気持はまだまだ盛んであった。

帥の屋敷に着くと書斎の方に通された。六十三歳の主人・旅人は九州まで連れて来た愛妻・大伴郎女がこの春亡くなるとすっかり気落ちして、最近は帰宅するとすぐ寝部屋で横になることが多かった。しかし今日は書斎の大きな卓の前に背筋を伸ばして座り、脇には女盛りを少し過ぎた異母妹の坂上郎女が笑みをうかべて客を迎えた。部屋の隅には旅人の嫡男家持が「今日は大人の話だから、お前は口を出さずに聞いているだけだよ」と念を押されて、神妙な面持ちで坐っていた。

「夜分、急なお呼び立てで済みません。寒かったでしょう。さあ、早くこちらで火に当たって甘酒でも飲んで下さい。暖まったら早速始めますから…」

着いたばかりなのに坂上郎女はすでに女主人のように言いながら本題に入った。

「十月の初め、私は夫の大伴宿奈麻呂を亡くしてから久しぶりに、元正上皇の御殿にご挨拶に伺いました。一通り私の挨拶が済むと、『所でお前はこれからどうする積り』と聞かれました。『二人の子供も大きくなったので、出来ればまたお傍《そば》でお仕えしたい』と申しますと、上皇は思いがけないことをおっしゃられたのです」

元正上皇のご依頼というのは、

九州の太宰府にいるお前の兄・大伴卿は、老齢の上に最近妻を亡くして大変心細くしているらしい。お前はしばらく向こうへ行って元気づけ、また歌を詠うよう励ましておくれ。というのは、この六月大伴卿の亡妻を弔う勅使《ちょくし》として式部大輔石上堅男朝臣《いそのかみかつをあそん》を太宰府に派遣した。先日帰京した朝臣《あそん》は太宰府での別れの宴で二人が詠んだ歌を披露してくれた。

石上《いそのかみ》朝臣の歌

ほととぎす来鳴《き》き響《とよ》もす卯の花のともにや来《こ》しと問はましものを　（八／一四七二）

ほととぎすの鳴く音が響いている、卯の花と一緒にやって来たのかと聞きたいものだ

太宰帥大伴卿の和《こた》ふる歌

橘の花散る里のほととぎす片恋しつつ鳴く日しぞ多き　（八／一四七三）

橘の花が散った里で、ほととぎすは独り恋い慕いつつ鳴く日が多いことです

朝臣はその後で、『筑紫には国守の山上憶良をはじめ、観世音寺別当沙弥満誓、太宰少弐

小野老など、歌詠み上手が多くいます。そこでまず帥の大伴卿が元気に歌の音頭を取れば周りの人が和《こた》えて詠い、筑紫はきっと歌が盛んな国になります』と。

私は四年前、甥の首皇子《おびとのみこ》（即位して聖武天皇）に皇位を譲ってから、祖母の持統や母の元明から引き継いだ倭歌集を時々取り出して読んでいるし、周りの若い皇女や女官たちの教育にも良く使っている。わが国で昔から歌い継がれた倭歌は祖父の天智、天武の飛鳥の都の頃から盛んになりました。持統・文武の藤原の都の頃には、かの柿本人麻呂によって歌が革新され、多くの歌人がすばらしい歌を作りました。母・元明時代に都が奈良に遷って既に二十年、多くの人の努力で唐の制度に倣って国の仕組みが大きく変わり、すばらしい仏教寺院が建ち、人々の暮らしも大きく変化しました。私はこの新しい時代に生きる人々の詠った歌を集めて後世の人に残したい。

残念なことに今の官人は唐の制度や風習の導入を急ぐ朝廷の意に沿うように、仏籍や漢文・漢詩にばかり熱心で倭歌の道を志す人は減り、狭い宮廷の一部で儀礼的に詠う歌や男女間の少し気の利いた歌が目に付く程度になってしまった。日本古来の『歌垣』のように男が歌うと女がそれに和《こた》えて、競い合ってこそ歌が盛り上がるのに、男が歌わなくなれば女も相手を失い、やがて倭人《やまとびと》が心のより所として来た倭歌は廃れてしまうだろう。そこでお前は私の身代わりの『魂振《たまふ》り』となって筑紫へ行き、私の想いを大伴卿や憶良に伝えておくれ。二人が歌を詠めば周りの若い人たちも歌を詠むようになり、やがて倭歌はその勢いを取り戻すであろう。

そして筑紫の人たちの作った歌が少しまとまったら私に届けて欲しい。必要な紙や筆・墨はこちらから送ってやるし、その他必要なことは私が都から応援するから…。

思えば十年ほど前、私は美濃へ行幸した（七一七年、行幸中に養老へ改元）。さらに東国へも行きたいと言ったが橘諸兄《もろえ》らの意見で断念させられ、代わりに東国の歌を献上させその歌で『国見』をすることにした。いま諸兄らは三河や信濃から先の『東歌《あずまうた》』を集めている。既にある『柿本人麻呂歌集』など都近辺の国の歌に、太宰府を中心とする『西国の歌』が加われば、都に居ても広く全国を『国見』できるでしょう。

私はすぐ『こんな大きな夢を描けるのは上皇様だけです。この役を承けて急いで太宰府へ参ります』と申しました。生れてから飛鳥・奈良の地を一度も離れたことが無かったので、はるか彼方の九州・筑紫の地や未知の人たちに対する不安もありました。しかし上皇の熱い想いが私に乗り移ったように、家に帰ると『太宰府へ行くので二人の子どもや家のことを頼みます』と母・石川内命婦に頼んで、大急ぎでやってきました。母は故持統天皇の従姉妹で、若い頃朝廷に仕えていたのですぐ分かってくれました」

坂上郎女の早口の話が一区切りつくと、旅人が静かに話し始めた。

「元正天皇が即位されたとき『慈悲深く落ち着いた人柄であり、あでやかで美しい』と評判でしたが、譲位された今もお元気なようで安心しました。私が気ままに作り散らした歌に目をとめられて、結構な励ましのお言葉をいただき真にかたじけない。かくなる上は老い込みがちの心を奮い立たせて歌を詠み、何とかご期待にお応えしたい。

思い出すのは八年前の養老四年（七二〇）二月、上皇は当時天皇でしたが、大隅《おおすみ》国で国守が殺され、南九州全域の隼人《はやと》が一斉に朝廷に対して反乱を起こした。直ちに私は征隼人《はやと》持節大将軍に任じられ、三月には戦《いくさ》の神を祀る石上神社《いそのかみ》（現天理市）の社殿にて天皇より節刀を授けられ、二人の副将軍・紀御室《みむろ》、巨勢真人《こせのまひと》とその配下の戦士約千人と共に九州に向けて出発した。そのときの天皇の励ましの歌は今も心に沁みています。

**ますらをの行くとふ道ぞ凡《おほ》ろかに思ひて行くな丈夫《ますらを》の伴《とも》**　（六／九七四）

**立派な武人が立ち向かう道である。心から覚悟を決めて臨め、勇士たちよ**

そこで旅人が少し言いよどんでいると、坂上郎女が代って

「私はその頃元正帝のお側に仕えていたので良く覚えています。帝は曾祖母・斉明天皇が百済救済のため自ら兵を率いて九州・筑紫へ渡り、朝鮮へ進攻する直前に亡くなったという『日本書紀』の記述に深く感動され、自分も九州へ行き隼人を征討すると言い張りました。しかし右大臣の不比等公に『今は帝が長期間都を空けていられる時代ではない』と

諭され、帝の身代わりに節刀を授けた将軍を派遣することになった。こうした事情から、征隼人将軍・旅人の九州での戦さに特別の関心を持っておられました」

そこで旅人は元気を取り戻して話を続けた。

「九州では太宰府指揮下の防人《さきもり》を始め、北部九州の国から集めた現地軍約二万を二手に分け、紀副将軍には東から南下させ、巨勢副将軍には西から南下させた。北部九州に残る大伴支族の協力も得て南九州全体に広がった隼人の拠点を攻めることができた。激しい戦さが続いた頃、思いがけず元正帝より『将軍は原野に曝《さら》されて、既に猛夏の候になった…』に始まる激励の詔《みことのり》を頂き更に奮起した。ようやく戦に先が見えた八月中旬『不比等公が薨去《こうきょ》された、即刻帰還されたし』との命を拝し、後事を二人の副将軍に托して急ぎ帰京した。

私の帰京を待って、右大臣藤原不比等公の後任に長屋王を選出する議が行なわれた。長屋王には父・高市《たけち》親王が壬申の乱で祖父・天武天皇を助けて戦った雄姿が一同に強く記憶されており、対する不比等公の四人のご子息は皆まだ若かったので、すんなりと後継に決まった。引き続いて不比等公の葬儀を私は新任の長屋王と共に主宰した。その慌しい最中に『陸奥《みちのく》の按察使《あぜち》（巡回視察官）上毛野《かみつけの》広人が現地で殺された』と急報が入り、帰ったばかりの遣唐大使多治比《たじひ》県主《あがたぬし》を持節征東将軍に任命し、直ちに陸奥に派遣した。

こうして元正帝は即位以来頼りにしていた不比等公薨去後の混乱を、新任の右大臣・長屋王と共に乗り切り、その後の政治に自信をつけられたようです。天武・持統系を守るため幼い首皇子の成長を待つ間、故文武帝の母の身で即位した元明帝とその娘で文武帝の姉として続いて即位した元正帝には、即位の正当性を巡って周囲の無言の圧力があったようです。一方九州の隼人との戦さは、私が不在中も紀・巨勢二人の副将軍らの働きで、翌年夏無事平定された」

そこでようやく自分の出番が来たと見て、山上憶良が話し始めた。

「帥のお話を伺い、これまでの色々な経験や苦労が今のお人柄や歌となっていることが分かりました。では私もこれまで歩んできた道を簡単に紹介しましょう。

私の父は斉明天皇の頃（六六〇年）滅亡する百済《くだら》を逃れて海を渡り、当時は『ヤマト』と言われていた日本へ来て、山背国《やましろ》（京都南部）に定着した渡来人でした。父は百済の朝廷で中国に関わる仕事をしていたので、私も幼い頃から漢字・漢文に親しんで育ちました。私の噂が朝廷で働く粟田真人《まひと》様の耳に入り、その下で仕事をすることになりました。持統天皇の頃（六九〇年）、粟田様は不比等公より律令作成を命じられ、多くの渡来人を使って唐の律令を参考にして作業を進めていました。これが『大宝律令』として公布された大宝元年（七〇一）、私は無位の身ながら遣唐使の一員に選ばれました。日本が朝鮮の白《はく》村江《すきのえ》で唐に敗れてから四十年ぶりの遣唐使派遣でした。目的は遣隋使時代に引き続き中国の仏教と仏教文化を取り入れる他に、日本は唐の臣下では無く、律令制度に基づいた一流の国として認めて貰うことでした。

当時中国は初の女性皇帝・武后の代で、太平洋の彼方から大挙現れた遣唐使船を見て徐福の子孫が戻って来たと大騒ぎでした。『史記』に『秦の始皇帝は長寿の霊薬を求めて東方の神山へ徐福を派遣した』とあるからです。遣唐執節使の粟田真人卿は中国語を流暢に話す最高の知識人と評価され、従来の侮蔑的な『倭《やまと》』の国号を『日本』へ変えるのも許されました」

「難しい役目を達成できて本当に良かったですね、所で遣唐使船の航海は如何でしたか」

「風波の激しい日には死ぬ思いでしたが、静かな日にはみんな甲板に座って粟田真人卿の話す今後の航海について耳をすませて聞きました」

**遣唐使船上での粟田卿の話というのは**

我国が遣隋使船時代に採用した『北路』は小船でも渡れる安全な航路で、筑紫の那の津から対馬へ行き、そこから海峡を渡って朝鮮へ、更に朝鮮半島の港を逐次右回りに北上し、江華島《こうかとう》の先から渤海湾《ぼっかいわん》を横切って中国山東半島の登州《とうしゅう》の港へ渡るルートです。しかし今回の遣唐使では九州西端の五島列島から東シナ海を横断し、直接中国大陸へ渡る『南路』を採用した。遣唐使の使命が拡大して大型船四隻の大船団になり、途中の朝鮮・新羅の対日

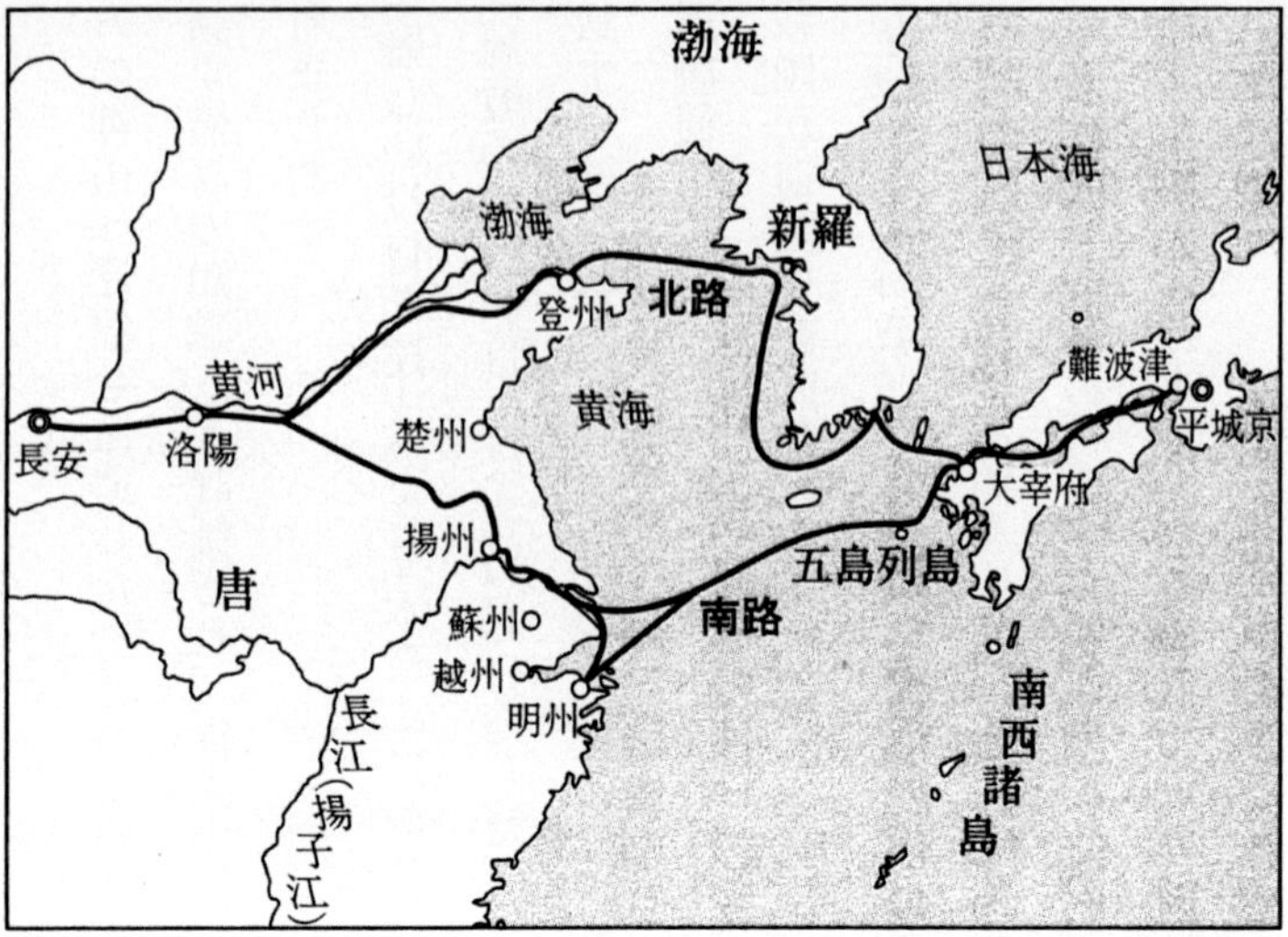


出典：『遣唐使』（東野治之、岩波新書）

**遣唐使の通った道**

感情から日本の都合通りの日程が組めないし、航海の安全も懸念されたからです。

往路は筑紫・那の津を出ると四隻の船は西に進み、五島列島・値賀《ちか》の港で風を待って一斉に中国に向け出航する。各船が風に任せて航行すれば大きな中国大陸のどこかの港に着く、各々着いた港から南へ或いは北へ航行して、唐の役所がある浙江《せっこう》省寧波《ニンポー》の港に集結する。その地で選ばれた使節・数十人が大運河を北上して黄河へ、更に黄河を遡上して洛陽・長安の都へ行きます。帰路はその逆ですが、大海の中の粟粒のような日本が的になるので往路に比べて遥かに難しい。大型船四隻の大船団では状況に応じた行動が取れないので、一斉に出航した後、各々の船は運を天に任せて航行する。幸いどこかの島に辿り着けば、例え琉球列島の孤島でも、この船の海夫たちはそこから那の津へ戻る航海はできる。使節は夏から秋にかけて日本を発って中国皇帝の元旦朝賀の宴に出席するので贈り物も多いし、その季節東シナ海は荒れるし風待ちの日数も限られる。また帰国時も日本側の日程に合わせては出航できない。これらの制約を考えて船の構造や作る場所、日程の案を立て実行方法を決めたのです〟

〔粟田卿の話　終〕

旅人が肯くのを見て憶良は更に話を続けた。

「私は唐の都に居る間、唐の人たちと漢語で話し自作の漢詩を見せました。しかし彼らは私の詩を見て笑うのです、漢詩の決まりから外れていると。私は若い頃から漢詩を作り日本人の中では上手いと自負していました。しかし唐の長安や洛陽で使われる北方系中国語『漢音』は中国・南朝から百済経由で日本に来た『呉音』とは違うし、漢詩の規則の平仄《ひょうそく》や押韻《おういん》なども複雑にまた高度になっていました。私は既に四十歳を過ぎ、今から唐の『漢音』を学び直すのは大変です。また言葉は絶えず変化するので、この国の人のマネをして漢詩を作ってもすぐ時代遅れになり、所詮その地で作る人にかなわない。日本に住む以上日本の詩・倭歌を作っていこうと思いました。そのとき私は次の倭歌を詠いました。

**いざこども早く日本《やまと》へ大伴《おほとも》の御津《みつ》の浜松待ち恋ひぬらむ**　（一／六三）

**さぁみんな、早く日本へ帰ろう。難波の港の浜松もきっと待ち焦がれているだろう**

そばに居た遣唐使仲間は、故郷を思い涙を流して喜んでくれました。

私の乗った第二船は帰国途中難破して、琉球の小さな島に漂着し、そこから島伝いに薩摩へ、更に那の津を経て都に帰りついたのは慶雲四年（七〇七）でした。

既に第一船で帰国した粟田真人卿の下で、唐で見た律令の施行状況を参考に先年作成した大宝律令の見直しが進められており、私も遅れてそれに加わりました。やがて律令改定への貢献が認められて和銅七年（七一四）従五位下に列せられ、伯耆守を経て養老五年（七二一）五十五歳で東宮・首皇子《おびと》（後の聖武天皇）の侍講《じこう》（教育係）に任じられました」

「当時首皇子には、十五人も侍講が居られたようですね」

「私の担当は『詩歌』、漢詩を教えること。まず基礎的な漢字・漢文、続いて遣唐使時代に持ち帰った最新の唐詩を教育に使いました。日本人が漢詩を学び作ることに疑問を感じていたので、古い中国の詩歌を集めた『詩経』と日本の倭歌を比較しました。藤原京時代までの倭歌は宮廷書庫に二百首ほど在り、その他個人が持つ歌を人に尋ねて写し取りました。新しい歌には詞書や作者名を追加し、保管されていた歌の記載に問題があれば調べて訂正しました。また集めた倭歌を相聞、挽歌など年代順に、また鳥獣植物など類別に整理した冊子を作り『類聚《るいじゅう》歌林《かりん》』と名付けました。これを使って首皇子と共に先人の歌を鑑賞し、宮中行事などで歌を詠む参考にしたので、私達の倭歌の理解は深まり作る歌も上達しました。首皇子は、生母・宮子（藤原不比等の娘）が出産後の異常で幽閉され、また幼時に父・文武帝も夭折されたからでしょうか、神経質で極端に病や死を恐れ、自らを罪深い存在と考える傾向がありました。

神亀元年（七二四）元正帝が譲位し首皇子《おびとのみこ》が聖武天皇として即位される前に、私は伯耆守となり二年前筑紫へやってきました。昨年大伴卿がこちらへ来られてからは、共に歌を詠うのを楽しんでいます。貴女が元正上皇へ拙歌を届けて下さるとは有り難い限りです」

「この辺でひとまず終わりましょう。今後お二人は自ら歌を詠む他に、官の行事や宴会など周りの人たちと一緒に歌を詠う機会を作って下さい。詠んだ歌に題、日付、状況などの詞書と名前、職位を紙に書いて届けて下さい。私がまとめて都の上皇へお送りします」

家持は日ごろ近寄りがたい老人二人を相手に、どんどん話を進めて行く郎女に感心しながら、眠くなるのも忘れて聞いていた。

## 二　遠《とほ》の朝廷《みかど》にて

次の日から郎女は太宰帥・旅人の執務する太宰府政庁と私邸で、冊子に挟んだり机上の小箱に入れたりしたまま、放置されていた歌を集める作業を始めた。また筑前国司館と私邸を訪ね、山上憶良の詠んだ個人の歌冊子を借りてきた。その行き帰りに奈良の都に似た太宰府の街を、時には家持に案内させて歩いた。平城京では上流階級の女が独りで出歩くとはしたないと非難されたが、ここでは気にする者は居ない。都風の郎女の身なりを物陰から羨ましそうに見る娘は居ても…。

太宰府の街は天智帝の頃、唐・新羅の連合軍と白村江で戦って壊滅的な敗戦（六六三年）を喫してから、玄界灘を越えて侵攻して来る敵の大軍に備えて作った要塞都市である。従来那の津近くにあった外交団用の鴻臚《こうろ》館と西国統治の拠点・那津官家《なのつのみやけ》を、山に囲まれた三里ほど奥地に移動させ、それらを囲んで政庁の建物群が整備され、政庁の左手には観世

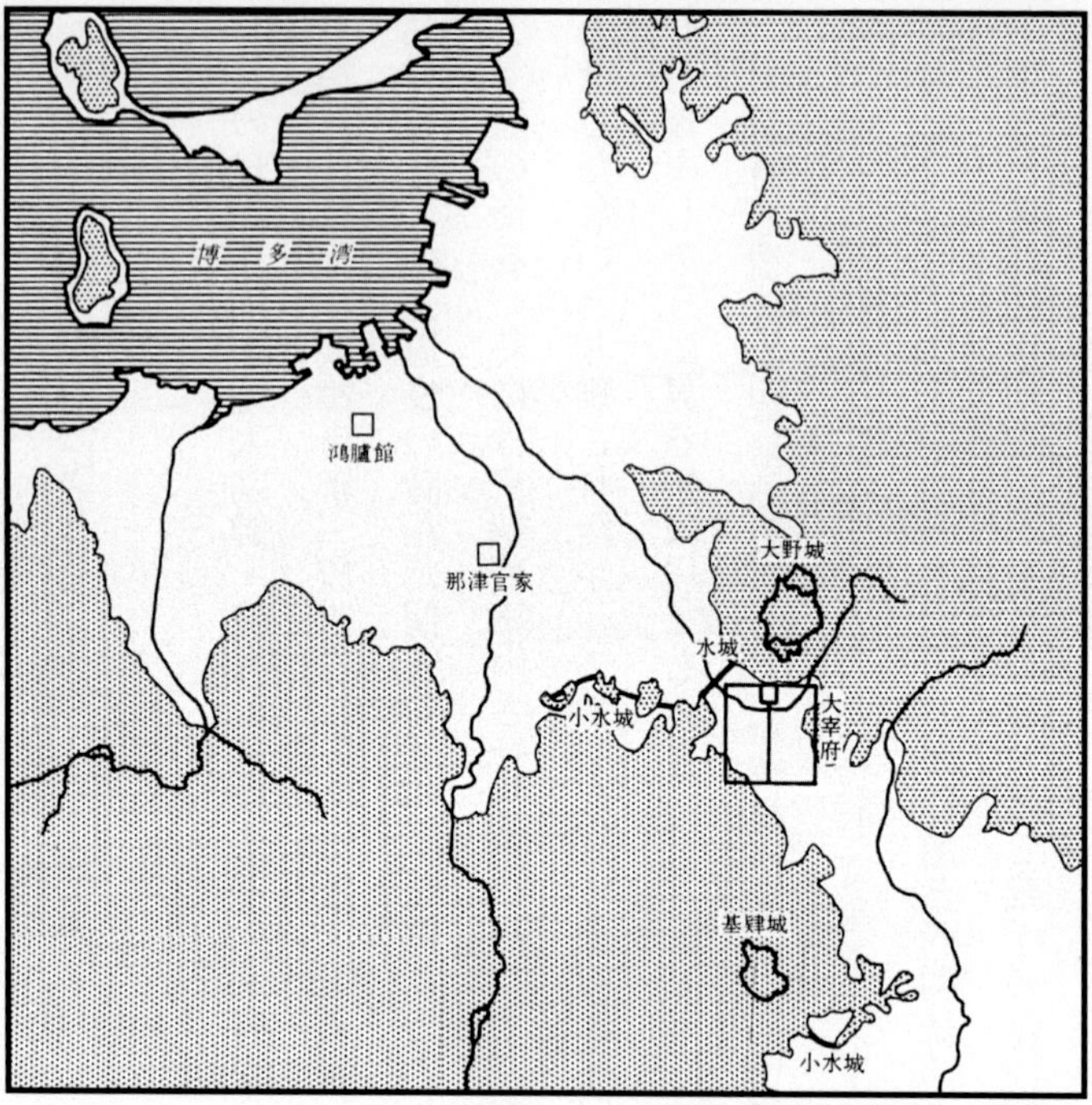


出典：『大宰府と多賀城』（岩波書店）

**大宰府　水城**

音寺の五重塔が巨大な姿を見せ始めていた。政庁を出て朱雀門の前に立つと、大路が真直ぐ南に通り左右にも数本の路が走り、幾つかの建物が点在する土地が広がっていた。郎女には幼い頃見た建設途上の奈良の都に似ていたが、違うのは太宰府の街を囲んで大野城のある東の四王寺山と西の背振山から伸びて政庁の西北の基肄《きい》城につながる丘陵に挟まれた低地に、長さ半里ほど高さ四十尺の土塁と大堀から成る堅固な水城《みずき》を築いて玄界灘から上陸して攻め上る敵軍へ備えていることであった。

冬には珍しい陽気に坂上郎女は家持を連れて、政庁南側の隣に建設途上の観世音寺に旅人の親しい歌仲間の沙弥満誓《しゃみまんせい》を訪ねた。満誓は造筑紫観世音寺別当の肩書きに似ず気楽な調子で、歩きながら大きな骨格を現し始めた寺院や工事中の五重塔、完成後に鎮座する予定の仏像の説明をした（注：七二三～四六年完成）。三人は広い境内をざっと回り終えると工事小屋に戻り、熱い湯を飲んで一息ついた。「私は若い頃、笠麻呂という地方周りの官人でした。養老元年、元正天皇が美濃国に行幸された時、美濃・尾張守の私は介の藤原麻呂と共に、開通直後の飛騨道路をご案内して喜ばれ、お陰で私たちは一階級の昇叙を受けました。十年前元明大上天皇重病と聞き私は願い出て出家し、ここ太宰府に下向しました。都には縁者で宮廷歌人の笠金村も居りますが、私はもう戻ることは無いでしょう。戻りましたらよろしくお伝え下さい」

観世音寺仏像
出典：高倉洋彰著『趣味は考古学 仕事も考古学』櫂歌書房

こうして一か月ほど過ぎた頃、郎女は旅人と山上憶良に来てもらって、二人の許で集めた歌の説明を聞くことにした。

「まず旅人・兄さんの所で見付けた歌について、詠った時の順に少し説明して下さい」

旅人は木簡に書いた歌を一つずつ取り上げながら、

「最初のこれは今年三月、小野老が京から太宰少弐として着任した歓迎の宴で詠ったもので、まず主賓の小野老が今の奈良が華やかに賑わっている様を、

**あをによし寧楽《なら》の京師《みやこ》は咲く花のにほふがごとく今さかりなり**　（三／三二八）

…既出　現代語訳は省略

続いて歓迎側の防人司佑《さきもりのつかさすけ》大伴四綱《よつな》の歌は、京を恋しく思う官人の心情を

**やすみししわが大君の敷きませる国の中には京師《みやこ》し思《おも》ほゆ**　（三／三二九）

あまねく全土を治められるわが大君の国々の中で、都が一番恋しく思われます

次の私もまた都を偲んで詠んだ歌で、

わが盛《さかり》また変若《をち》めやもほとほとに寧楽《なら》の京《みやこ》を見ずかなりなむ　（三／三三一）

私の命の盛りはもう蘇《よみが》えるまい、結局奈良の都をもう一度見ずに終るであろう

都を偲ぶ歌が続き少し座が沈んだと見て、筑紫に長い観世音寺別当沙弥満誓が

しらぬひ筑紫《つくし》の綿は身につけていまだは着《き》ねど暖かに見ゆ　（三／三三六）

筑紫の綿は（女も）、まだ身につけて着たことはないが、暖かそうに見える

するとこの辺で中座したいと思った山上憶良が詠った、

憶良らは今は罷《まか》らむ子泣くらむそれ彼《そ》の母も吾《わ》を待つらむぞ　（三／三三七）

憶良めはこれで失礼します、きっと子供が泣いているしその母も私を待っているでしょう

憶良の歌に合わせて子持ちの官人や下戸たちが帰って行った。残った私が

験《しるし》なき物を思《も》はずは一杯《ひとつき》の濁れる酒をのむべくあるらし　（三／三三八）

考えても仕方のない物思いをするよりは、一杯の濁り酒を飲む方が良いようだ

独り詠み終えて周りを見ると、寝ている筈の沙弥満誓の歌が聞こえてきた。

世間《よのなか》を何に譬《たと》へむ朝びらきこぎ去《い》にし船の跡なきごとし　（三／三五一）

この世の中を何にたとえよう、早朝漕ぎ出す船の引く跡が僅かの間に消えてゆくとでも」

「題辞《だいじ》を追加したらこれらの歌の情景が生き生きして来ましたね。次は大伴郎女の挽歌関係だけど、二人のどちらがどの歌を詠んだのかしら」

憶良は薄い頭髪を掻きながら、

「四月初め大伴郎女が亡くなると、大伴卿は悲しみの余り役所に出て来ないで家に籠りきりになりました。五月中頃、都から弔問使石上朝臣が来られる報があり、私は予め様子を見に館を訪ねました。卿はまだ伏していて、床の周りには食事椀や薬の飲み残しに混じって歌の断片が散らばっていました。私は次の歌が卿の心情を良く表わしていると思い最初に挙げました。

世の中は空《むな》しきものと知る時しいよよますます悲しかりけり　（五／七九三）

現世を空しいものと悟った今だからこそ、いよいよ誠につらく悲しみがこみ上げてくる

残りの歌の断片を拾い、欠けた部分を聞き出して、

妹が見しあふちの花は散りぬべしわが泣く涙いまだ干なくに　（五／七九八）

妻の見たセンダンの花が散ってしまいそうだ、私の悲しみの涙がまだ乾いてないのに

など反歌五首（七九五〜九九）を完成させました。さらに帥の心を斟酌して私が詠んだ長歌を加え、さらに『日本挽歌』という題と漢文の序を追加して全体を完成させました」

「なるほど、次の『酒を讃むる歌』については？」

「小野老歓迎の宴の時、私は前出の一首（三／三二八）を詠みました。その後妻の病状が次第に悪化し、私も寝床に入って酒を飲み続け、さらに妻が亡くなると絶望のあまり独り過去と向き合う日が続きました。しかし、ある日開き直って酒を友として暮らすのも人生と思い始めると、一つまた一つと歌が湧いてきました。最終的には憶良さんが私の気持ち

を確かめながら、言葉を選び歌の順序を見直して十三首、全体として意味ある形に構成してくれました。

言はむすべ為《せ》むすべ知らず極《きはま》りて貴き物は酒にしあるらし（三／三四二）

何と言おうがどうしようもないくらい、その極まり、本当に貴いのはお酒ですよ

もだをりて賢《さか》しらするは酒飲みて酔泣《えひなき》するになほ若《し》かずけり（三／三五〇）

ただ沈黙して賢ぶっているより、酒を飲んで酔い泣きする方がましです

「十三首もこんな面白い歌を作れるなんて、兄さんの酒好きも相当なものね…」

「兄さんの歌はこの辺にして、次は憶良さんの『貧窮問答の歌』に移りましょう。

長歌（五／八九二）現代訳のみ

（貧者甲）風交じりの雨が降る夜の雨交じりの雪降る夜はどうしようもなく寒いので、岩塩を少しずつかじり粕湯酒《かすゆざけ》を啜《すす》りながら咳《せき》し鼻すすり疎《まば》らな髭《ひげ》をなでつつ、我をおいて人物は

居ないと誇っているが、寒いので麻布団を引きかぶり布の肩衣をありったけ着込んでも寒い夜を、私よりも貧しい人の父母は飢えて凍えているだろう妻子は物を欲しがって泣いているだろう、こういう時はどうやって世渡りしているのだ、（貪者乙）天地は広いと言われるが私には狭くなったのか日月は明るいと言うが私には照ってくれないのか、人は皆こうなのか私だけこうなのか人として生をうけ人並みに耕しているのに、布肩衣《ぬのかたきぬ》の海藻のように裂けて下がるボロばかりを肩にかけ、粗末な庵りの傾いた小屋の内に土間にわら束を解き敷き、父母は枕の方に妻子は足の方に囲うようにして憂いのため息をつく、竈《かまど》には火の気なく甑《こしき》にはくもの巣がかかり飯を炊くことも忘れてぬえ鳥のような呻《うめ》き声を立てている、それなのに鞭を持った里長《さとおさ》の声が寝所まで来ては呼び立てる、ほんとうにどうしょうも無いのか世の中は

## 反歌

世間《よのなか》を憂《う》しとやさしと思へども飛び立ちかねつ鳥にしあらねば　（五／八九三）

この世の中生きていくのがつらくはずかしい、だが鳥ではないから飛んで逃げられない」

「長歌で貪者を甲、乙二人で描写したのは効果的ですね。筑紫に来てから詠んだ歌ですか」

「筑紫に来る前、伯耆守として国内を巡視したとき、百姓たちの実態に衝撃を受けて詠み始めました。私は半生を律令の作成と改定に捧げ、律令が施行されれば人々の暮らしは良くなると信じていました。所が現地では思っていた姿とかけ離れた現実があり、どうやっても庶民の暮らしは良くならない。歌を詠み始めたけれど国守としての無力さと責任を感じて、気が滅入り孤独に耐えきれず最後まで作れませんでした。昨年大伴卿が筑紫に来られてから再度手に取り、語り合いながらなんとか完成させました。

五月初めに帥を見舞って『日本挽歌』や『酒を讃むる歌』を完成させてから、私にも次々に歌が湧いて来るのです。

『子等を思《しの》ふ歌一首並に序』

**瓜食《うりは》めば子等《こども》おもほゆ栗食《くりは》めばましてしのはゆいづくより来《き》たりしものぞまなかひにもとな懸《かか》りて安眠《やすい》し寝《な》さぬ**

（五／八〇二）

瓜を食べれば子供を思い出し、栗を食べればますます偲ばれる、どこから来たのかまるで目の前に本当にいるようで、どうしょうも無く寝付くことが出来ない

銀《しろがね》も金《くがね》も玉も何せむにまされる宝子にしかめやも
（五／八〇三）

銀や金や宝石など何になるであろうか、そんなものより優る宝はわが子ですよ」

「憶良さんはもうお年なのに、よくそんな親子の真情溢れた歌が作れますね」

「妻も幼かった子供も私が遣唐使として日本を留守にしている間に亡くなりました。帰って二人が亡くなった事を知りしばらく泣き続けました。以来、別れた時の妻と子供の姿を想い、語りかけるように詠っているのです」

「お気の毒に。立ち入ったことをお聞きして、失礼しました」

年が明けて七二九年、瑞兆《ずいちょう》が現れたとして年号が『神亀』から『天平』に改元された。その二月、改元で何か明るい希望を抱いた人々の心を打ち砕いたのは『長屋王が謀反の疑

いで糾問され、自殺した』という報せである。続いて事変の第二報が太宰府に到達した。

「二月十日左大臣正二位長屋王、私《ひそか》に左道《さどう》を学びて国家を傾けむと欲（国家転覆を図って呪詛している）の密告があり、藤原宇合《うまかい》率いる兵が長屋王邸を取り囲み、舎人《とねり》親王らが王の罪状を糾問した。長屋王は自害し家族は後を追った」

この報せを受けて太宰帥・旅人は朝廷からの次の指令を待った。三日経ち七日経っても何の指令もなく、都から来るのは噂話の類だけだった。長屋王は太政官最高の左大臣、その人が自害し家族も追ったのは大変な事態で、きっとその後に何か大きな争いが起こる筈と考えてなお待ち続けた。『日本書紀』には白村江の敗戦から十年後、天智帝の死後皇位継承を争った『壬申の乱』（六七二年）では、天智帝の後を継いだ大友皇子は吉野から起《た》った叔父の大海人皇子を討つため、太宰府に援軍を求めた。『従わなければ殺せ』との密命を背景に迫る勅使に対して、太宰府を守る栗隈《くりくま》王はひるむ事なく『朝鮮半島を巡る情勢が厳しいいま、最前線にある太宰府は国外への備えを優先する』と反論し、脇に控えた息子美努《みぬ》王と共に都への兵の派遣を拒否したとある。いま太宰府には官員約六百人、対馬・壱岐をはじめ西日本周辺海岸や山城に東国からの防人約三千人、これらの兵を動かす事態となるのだろうか。

何事もなく半年過ぎ、この変への世間の関心が冷めるのを見計らったように、藤原氏出の聖武天皇妃・光明子は皇族以外で初めて皇后になった。さらに藤原武智麻呂以下の藤原四兄弟（故不比等の息子）が異例の昇叙を受けて以後の政界を主導する。そして都も太宰府も表面は平穏に戻った。古来天皇を守る武門大伴一族の家長・旅人にとって、天皇の血筋に入って政治権力を握ろうとする気持ちは理解できない。ただ律令体制の下で不比等公の四人の息子は経験を重ね結束して力を発揮してきたが、比較すると天武天皇の皇子らには気位高いが実経験に乏しく物足りなさを感じていた。その上周りの思惑に左右され互いに反目するので、皇親政治を守ろうとする長屋王の努力も空回り気味で、僻遠の太宰府から見ても王は最近孤立気味だった。

旅人の脚の病（かっけ）はまた悪化し、興味本位に「藤原一族の邪魔になる長屋王とその係累を消す上で、邪魔になりそうな大伴卿は予め太宰府へ送られた」という噂も広がって、気は晴れなかった。庁の仕事も減らし、歌もまったく詠わなくなった。

そんな様子を見て、坂上郎女は旅人を脇から支援するだけでは元正上皇の依頼に応えられない、自分から二人や周りの人たちを奮い立たせる仕掛けを作ろうと考えた。毎年帥の館で新年の賀の宴があると聞き、出席する帥や国守その他の官人たちに一つの題で歌を詠んでもらう事を考えた。女官の経験から宴の手順や準備は良く知っていたので、さっそく帥の部屋に行って計画を説明した。旅人は思ったより乗り気で、その上「題は正月に相応《ふさわ》しい『梅の花』はどうか。出席者の選定や場所などは政庁の役人・大監《だいかん》（実務レベルの長）の大伴百代《ももよ》と相談したら良い。あの男は最近歌作りに興味を持っているようだ」と言ってくれた。

翌日、坂上郎女は政庁に大監の大伴百代《ももよ》を訪ねた。大伴の支族で少し年下、官人としては有能そうな男であった。郎女が執務机の脇に腰掛けると、遠慮勝ちに話し始めた。

「帥から貴女のご希望を伺いました。しかし二つ問題があります。まず私はそんな宴で歌を詠った経験がないので、他の官人たちを説得する自信がありません。もう一つ、次の期から防人の担当が東国から西国・九州に切り替わるという話で九州中が騒がしく、国司連中は来年の朝賀の宴に出たがらないでしょう。防人には勇猛な東国人が適任と言われますが、実は六十余年前の朝鮮・白村江の戦で徴発された兵が大量に死亡または捕虜となり、九州の人口が大幅に減って防人を出す余裕が無かったからです。しかし先年大伴卿が検税使として東国を視察すると、防人を送り出す東国の荒廃は予想以上、一方九州の人口が回復して来たので切り替える建言をされたとの噂があり、最近大伴卿は九州の人に嫌われています。東国から九州に連行して防人にするのは手間もかかり、行き帰りの死亡や逃亡の損失も大きい。従って日本全体を考えれば切り替えた方が良いのでしょうが、代わりに防人をやらされる九州の国司には一大事で、必死に抵抗するのです」。郎女の考えている以上に、政治の世界は難しいのだ。

「では無理しないで国守や介より下の若い人でも、各国是非一人は出席するよう説得してください。そして私があなたに歌の作り方を教えます。歌作りに慣れたら、他の官人たちが歌の宴に出席するよう誘って下さい」。説得されて百代は何度か郎女の歌の指導を受けた、次の大伴百代の歌が残されている。

**ぬばたまのその夜の梅をた忘れて折らず来にけり思ひしものを** (三/三九二)

**あの夜見た梅をうっかり手折らずに来てしまった、私はあの花が良いと思い定めていたのに**

七月に入っても旅人は館で塞《ふさ》ぎ込んでいたので、郎女は憶良に七夕の宴を口実に帥を訪ねてくれるよう頼み、その日は郎女も家持も外出して二人だけ気楽に過ごせるようにした。憶良は着くと持参した秋の花を花瓶に挿し、侍女らに酒の用意をさせた。暗くなると部屋の灯かりを消して二人で天を見上げた。四囲を山に囲まれた太宰府の空は月もなく、暗い中天に天の川が山の端までのびていた。昨年旅人が独り亡き妻と奈良の人を詠んだ七夕の歌を踏まえて、まず憶良が天を仰いで詠った。

**風雲《かぜくも》は二つの岸に通へどもわが遠妻《とほつま》の言《こと》ぞ通はぬ**　（八／一五二一）

**風と雲は天の川の両岸を行き来するけれども、遠くにいる妻の便りは私の許に伝わらない**

旅人は少し興味を引かれたようだが、まだ自ら歌を詠もうとはしなかった。そこで憶良は五年前の神亀元年（七二四）七夕の夜、左大臣・長屋王邸の宴会で作った歌を思い出して詠った、

**ひさかたの天漢瀬《あまのがはせ》に船浮《う》けて今夜《こよひ》か君が我許《わがり》来まさむ**　（八／一五一九）

**天の川の浅瀬に小舟を浮かべて、今夜はあなた　私のもとに来て下さるのですね**

あの夜の贅を尽くした七夕の節会には多くの賓客が招かれて、山海の珍味を食し美酒に酔い、次々に漢詩や和歌を読み上げ、夜を徹した騒ぎが続いた。あの頃は聖武天皇が即位し、

長屋王が左大臣に進んで新しい気風が朝堂に漲っていた。さりげなく「あの日大伴卿は漢詩を詠まれたのでしたね」と誘いをかけたが、その辺の話題に触れたくないのか無言のままであった。

先日の旅人への働きかけが全く無駄ではなかったようだ。耐え難く暑かった九州の夏も盛りを過ぎたころ、旅人の手許に日本琴一面が届いた。対馬の結石山に生える梧桐《あおぎり》で作った琴の音色は日本一という評判を聞いて以前頼んでいたのである。早速抱えて爪弾くとさすがにすばらしい音色で、旅人の気持ちも晴れてきたのか、低い声で独り問答を口ずさんだ。

この琴が夢に娘子《おとめ》に化《な》りて曰く

いかにあらむ日の時にかも声知らむ人の膝の上《へ》わが枕かむ　（五／八一〇）

いつの日にまたどのように、この音色を理解して下さる良き人の膝を枕にするのでしょうか

僕、詩詠《うた》に報《こた》へて曰く

言問《ことと》はぬ樹にはありともうるわしき君が手慣《てなれ》の琴にしあるべし　（五／八一一）

言葉を口にしない木で作っても、きっとお前は高貴な方が愛用される琴ですよ

旅人は半月ほど興に任せて弾いていたが「もうこの琴を本来の持ち主の許に送ろう。いま誰が日本一の琴の名手か尋ねれば、皆が故不比等公の次男藤原房前公と言うだろう」と呟きつつ『大伴《おおとも》淡等《たびと》謹みて、梧桐日本琴一面、中衛高明閣下《かふか》に通はす』と書いて、琴を都へ送った。

十月の初め旅人は思い立って憶良を自宅に招き、坂上郎女や家持も入れて気楽に歌の話を始めた。憶良は喜んで

「卿の『梧桐日本琴の歌』を拝見して、唐で少し前に流行した『遊仙窟』を思い出しました。中国では仙女との交情の物語は俗書であり一流の人士は話題にしませんが、日本では歌の表現や構想を豊かにする種として多くの人が珍重しています。中国の詩と日本の詩歌を比較してどちらが良いという問題では無く、長い歴史と風土による差でしょう。中国の

詩人の多くは科挙を目指すか科挙に合格した官人で、国を憂い国の有るべき姿を示し理によって読む者を説得するのが詩と考えています。私は幼少から漢詩を人生の範としてきたので、和歌を作っても捉え方や表現の仕方は自然と漢詩的・儒教的になっています。対して大伴卿の歌は感情に訴える日本人の心を穏やかに表現しているようです」

「お二人の好みは異なっても、それぞれ独自な倭歌の世界を作っています。女は若いときこそ男女の贈答歌や相聞歌にきらめきを見せますが、二十歳を過ぎても歌を詠み続けるのはごく一部の皇女か町の遊び女《め》で、これでは女の歌の世界は広がりません。私もお二人の歌い続ける姿を見倣って、少しでも長く歌を詠んで行きたいものです」

十一月中旬、太宰大監大伴百代が都での公務を終え、同時に郎女が彼に持たせた『遠の朝廷の歌』を元正上皇が喜んで受け取られ、間近に迫った『梅花の宴』用として大量の紙、筆、墨を賜って帰還した。また大伴卿の歌『梧桐日本の琴』に対して、藤原房前卿より風雅を以って応える丁重な礼状と歌を預かってきた。

言問《こと と》はぬ木にもありとも吾兄子《わがせこ》が手慣《てなれ》の御琴地《みことつち》に置かめやも　　藤原房前（五／八一二）

物言わない木ではあっても、あなたご愛用の御琴を決して粗末に扱うことなどありません

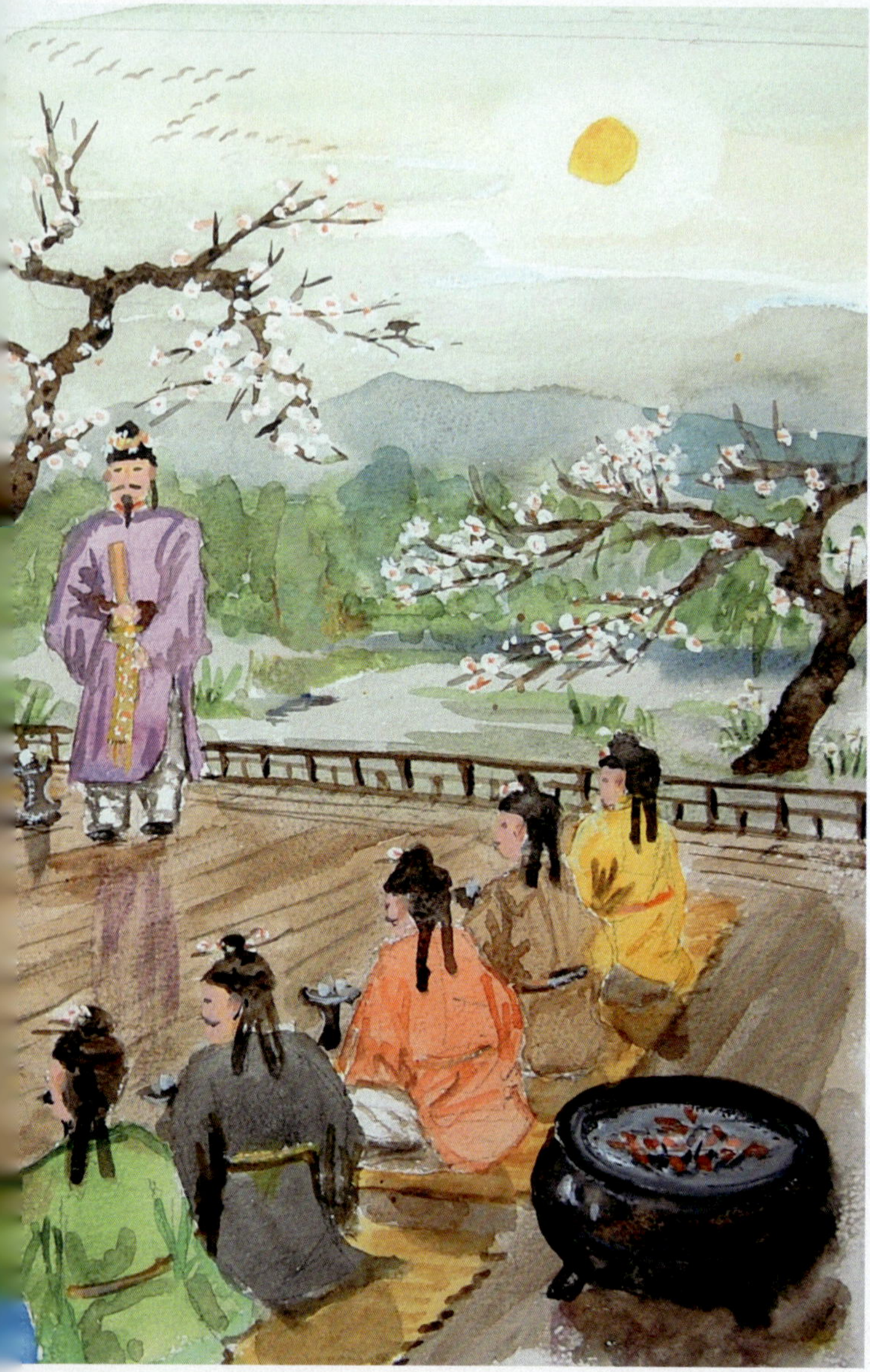

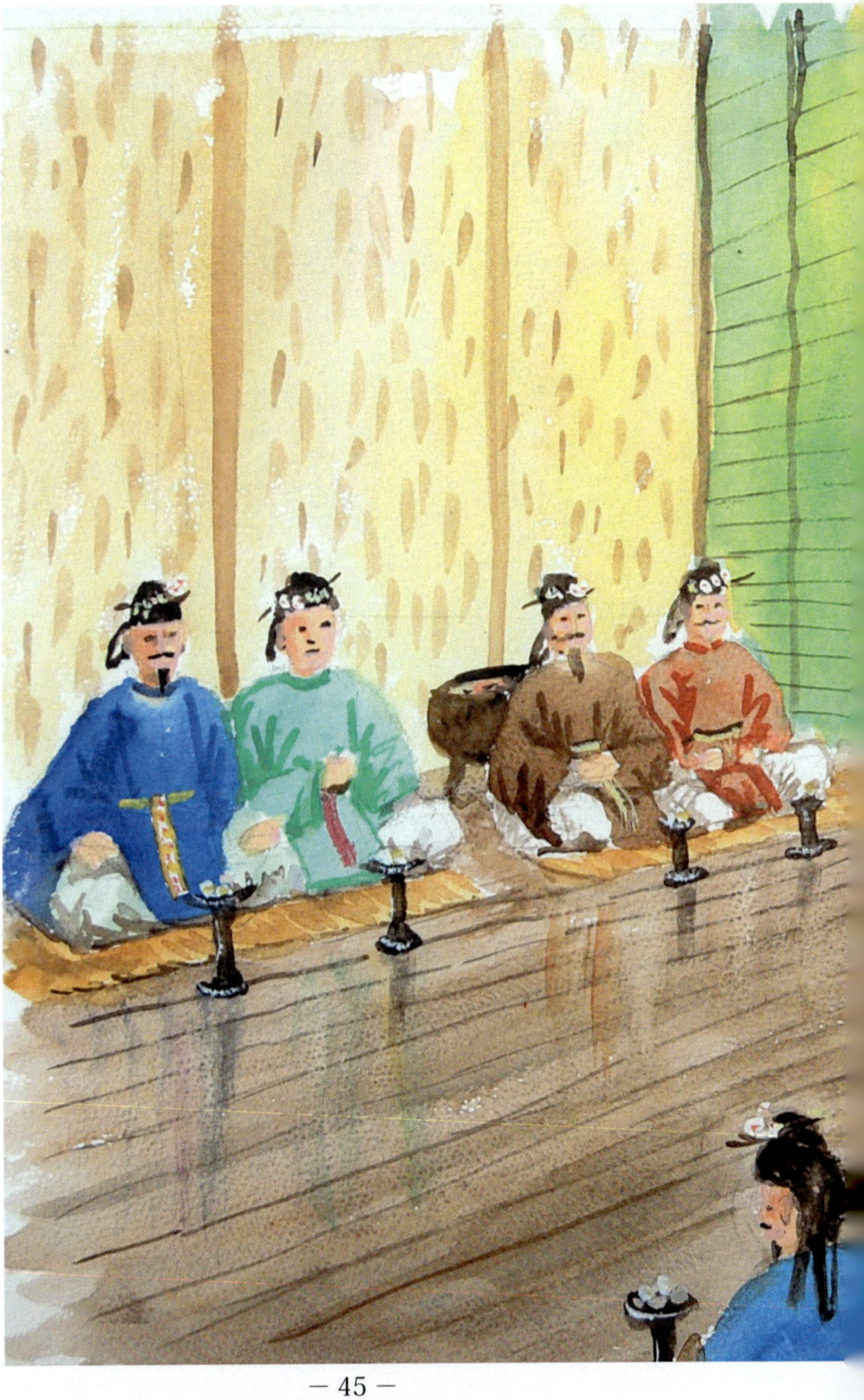

梅花の宴は現在の太宰府 坂本神社付近で
ひらかれた。（他に二ヶ所の説があります。）

## 三 『梅花の宴』、そして帰京へ

天平二年正月十三日、薄明かりに小雪の舞う朝、太宰府政庁の大広間は庭に向かって開かれ、各官位に合わせた冠・服を身にまとった官人たちは、磨かれた床の上に置かれた筵《むしろ》に腰を下ろした。そこ此処に置かれた大鉢の炭火が発する赤い光に冠や服から垂れた房の錦糸が煌《きら》めいて、華やかな雰囲気を一段と盛り立てていた。主人の太宰帥・大伴旅人が立ち上がり、座が静まるのを待っておもむろに宴会の序を宣言した。

梅花の歌三十二首ならびに序

天平二年正月十三日、帥《そち》の老《おきな》の宅《いえ》に萃《あつ》まるは、宴會を申《の》ぶるなり。時に初春の令《よ》き月、気淑《よ》風和《なご》み、梅は鏡の前の粉を披《ひら》き、蘭《らに》は珮《はい》の後の香を薫らす。加以《しかのみならず》、曙の嶺に雲移りては、松、蘿《うすもの》を掛けて蓋《きぬがさ》を傾け、夕の岫《くき》に霧結びては、鳥、縠《となみ》に 封《こ》められて 林に迷ふ。庭には新しき蝶舞ひ、空には故《もと》つ鴈《かり》歸る。ここに天を蓋《きぬがさ》にし、地を座《しきゐ》にし、膝を促《ちかづ》け觴《さかづき》を飛ばす。言を一室の裏に忘れ、衿を煙霞の外に開き、淡然として自ら放《ほしきまま》に、快然として自ら足りぬ。若し翰苑にあらずは、何を以ちてか情を攄《の》べむ。詩に落梅の篇を紀せり。古と今とそれ何ぞ異ならむ。宜しく園の梅を賦《よ》みて聊短詠を成すべし。

「天平二年正月十三日、帥・旅人の邸宅に集い宴会を開く。時は初春の良き月、空気は美しく風も和《なご》やかで、梅は女人の装う白き粉の如く蘭《らん》は奥床しく香る。朝の山頂には雲が移ろい松は雲の薄衣《うすころも》を披《ひら》き、夕の山腹にたなびく霧にとじ込められて鳥が迷う。庭には蝶が舞い雁は空を故郷へ帰る。此処に天を屋根に地を座として人々は膝を詰めて酒盃を酌み交している。一座は胸襟《きょうきん》を開き淡々と心の行くまま満ち足りている。もし筆に記さなければ言い表すことができるだろうか。詩経にも落梅の篇がある、古今異なる筈は無い。諸君、庭の梅を詠んで短歌を作ろうではないか」

中国では書聖とも称せられる王羲之の『蘭亭の序』その他の漢詩文に倣って、六朝風の美辞麗句と対句で飾られた文言が朗々と繰り出されると、その声調に座は一挙に陶然とした歌の世界に誘われた。

旅人の序に続いて大弐、少弐…と順に立って、各々の誇りを懸けた『梅の歌』を吟じた。

正月《むつき》立ち春の来《きた》らばかくしこそ梅を招《を》きつつ楽しき竟《を》へめ　大弐紀卿（五／八一五）

睦月となり春が来た、かくして梅を招き楽しい時を過ごしましょう

梅の花今咲けるごと散り過ぎず我が家の苑《へ》にありこせぬかも　少弐小野大夫（八一六）

梅の花よ今の咲く時を散り急がないで、この家の園に咲き続けておくれ

梅の花咲きたる苑の青柳はかづらにすべく成りにけらずや　少貳栗田大夫（八一七）

春さればまづ咲く宿の梅の花ひとり見つつや春日暮らさむ　筑前守山上大夫（八一八）

春になればまず咲く宿のこの梅の花、君は一人で見ながら過ごすのかうららかな春日を

続いて豊後守、筑後守、笠沙弥と詠み進んで

世の中は戀繁しゑやかくしあらば梅の花にも成らましものを 豊後守大伴大夫（八一九）
梅の花いま盛なり思ふどちかざしにしてな今盛なり　筑後守葛井大夫（八二〇）
青柳《あおやなぎ》梅との花を折りかざし飲みての後は散りぬともよし　笠沙彌（八二一）

主人の旅人が前半の区切りとして

我が苑《その》に梅の花散るひさかたの天《あめ》より雪の流れ来るかも　太宰帥旅人（五／八二二）
わが園の梅の花は散る、遠い空から雪が流れくるように

そこでひと休みしてから、世話役の太宰大監大伴百代が先頭を切って

梅の花散《ち》らくはいづくしかすがにこの城《き》の山に雪は降りつつ　大監大伴百代（五／八二三）
梅の花が散っているのはどこであろうか、ひきかえこの大野城の山では雪が降り続いている

と詠い、以下政庁の役人、九州各地の国司役人ら二十余人が続いた。

梅の花散らまく惜しみわが苑《その》の竹の林に鶯鳴くも　少監阿氏奥島《おきしま》（八二四）
梅の花咲きたる苑の青柳をかづらにしつつ遊び暮らさな　少監土氏百村《ももむら》（八二五）

うちなびく春の柳とわが宿の梅の花とをいかにか分《わ》かむ　大典史氏大原（八二六）

春されば木末《こぬれ》隠《がく》りて鶯ぞ鳴きていぬなる梅が下枝《しづえ》に　少典山氏若麻呂（八二七）

人《ひと》ごとに折りかざしつつ遊べどもいや珍らしき梅の花かも　大判事丹氏麻呂（八二八）

梅の花咲きて散りなば櫻花継ぎて咲くべくなりにてあらずや　薬師張氏福子《さきこ》（八二九）

萬世に年は来経《きふ》とも梅の花絶ゆることなく咲き渡るべし　筑前介佐氏子首《こびと》（八三〇）

春なれば宜《うべ》も咲きたる梅の花君を思ふと夜寐《よい》も寝《ね》なくに　壹岐守板氏安麻呂（八三一）

梅の花折りてかざせる諸人《もろびと》は今日の間《あひだ》は楽しくあるべし　神司《かむづかさ》荒氏稲布《いなふ》（八三二）

年のはに春の来らばかくしこそ梅をかざして楽しく飲まめ　大令史野氏宿奈麻呂（八三三）

梅の花いまさかりなり百鳥の聲の戀《こほ》しき春来《きた》るらし　少令史田氏肥人《うまびと》（八三四）

春さらばあはむと思《も》ひし梅の花今日の遊《あそび》にあひ見つるかも　薬師高氏義通（八三五）

梅の花手折《たを》りかざして遊べども飽足《あきだ》らぬ日は今日にし有けり　陰陽師礒氏法麻呂（八三六）

春の野に鳴くや鶯なつけむとわが家《へ》の苑《その》に梅が花咲く　□師志氏大道（八三七）

梅の花散り亂《まが》ひたる岡傍《び》には鶯鳴くも春片設《かたま》けて　大隅目榎氏鉢麻呂（八三八）

春の野に霧立ち渡り降る雪と人の見るまで梅の花散る　筑前目田氏眞人（八三九）

春柳かづらに折りし梅の花誰か浮べし酒盃《さかづき》の上《へ》に　壹岐月村氏彼方（八四〇）

鶯の聲《おと》聞くなへに梅の花吾家《わぎへ》の苑に咲きて散る見ゆ　對馬目高氏老（八四一）

わが宿の梅の下枝《しづえ》に遊びつつ鶯鳴くも散らまく惜しみ　薩摩目高氏海人《あま》（八四二）

梅の花折りかざしつつ諸人《もろびと》の遊ぶを見れば都しぞ思《も》ふ　土師氏御通（八四三）

妹が家《へ》に雪かも降ると見るまでにここだも亂《まが》ふ梅の花かも　小野氏國堅（八四四）

鶯の待ちかてにせし梅が花散らずありこそ思ふ子がため　筑前□門氏石足《いそたり》（八四五）

最後に幹事役が

霞立つ長き春日を挿頭《かざ》せれどいやなつかしき梅の花かも　小野氏淡理《たもり》（五／八四六）

霞立つ長い春の日頭にかざし続けても、ますます心惹かれる梅の花であった

を詠い短い春日が西に傾く頃、『梅花の宴』の終わりが告げられた。

数人の資人たちが手分けして客人の歌三十二首を集め、代わりに酒肴を運び来ると座の緊張は一挙にほぐれて、篝火《かがりび》に照らされた夜の宴へと移っていった。対馬・壱岐の辺境の島々、また大隈・薩摩など九州南端の国々の下級官人や、太宰府政庁の地元採用の下級官人にとって、初めて参加する大がかりな都風の宴である。数か月間懸命に作歌技法を学んできて、曲りなりに自分の歌を発表し終えた興奮はなかなか収まらなかった。各々が思うさま酒を飲み、手を叩き、足を踏み鳴らして地方の歌を謡い、騒ぎ続ける声が深夜まで響いた。

帥の館では坂上郎女が独り寝室に横になり、夜空を遠くから響いてくる歌声を聞いていた。半年間あちこちに気を配って準備を重ね、今朝も早くから先ほど宴の館から帰るまで、裏方として走り回った苦労が報われた満足感から、やがて快い眠りに入った。

旅人は先日の『梅花の宴』では、寒い一日中緊張して大役を果たし、その無理が出たのかまた寝床に臥す日が続いた。坂上郎女は宴で全員の詠んだ三十二首を美しい冊子にして、見舞と言って旅人の枕元に差し出した。旅人は身を起こして覚束ない手で一枚一枚めくってしばらく目を閉じていた。やがて郎女に筆を持たせて次の歌を書き取らせた。

『員外、故郷を思ふ歌』

わが盛《さかり》いたく更《くた》ちぬ雲に飛ぶ薬はむともまた変若《を》ちめやも　（五／八四七）

わが盛りはひどく衰えた、雲の上を飛ぶという仙薬を飲んでも若返ることはないだろう

言い足らないと思ったか『追ひて和ふる梅の歌』

雪の色を奪いて咲ける梅の花いま盛りなり見む人もがも　（五／八五〇）

雪の色を奪ったように咲いた白梅の花、今が盛りなのに見る人が居て欲しいものだ

梅の花夢《いめ》に語らく風流《もやび》たる花と吾思《われも》ふ酒に浮《うか》べこそ　（五／八五二）

梅の花の天女と夢で語り合った、風流な花よさあ酒に浮かべようむなしく散らすまい

翌三月、筑紫の春は陽気も良くなったので、旅人は憶良の誘いをうけて松浦河の舟遊びの旅に出た。その日、松浦河で魚を釣る仙女らと歌を贈りあう、詩歌『松浦河に遊ぶ』を構想した。

四月初め、旅人はこの歌を仕上げると先日の「梅花の宴」の歌と合わせて、古くからの歌仲間で都の医師の吉田宣宛に送った。『鄙《ひな》の歌ながら…』と謙遜しつつ、自身最近の歌境の進展に気を良くして誇る気持ちもあった。吉田宣より丁寧な返書と、旅人の歌に讃する数首の歌を添えた包みが届いたのは七月も半ば過ぎていた。しかしその三ヶ月ほどの間に、旅人を巡る状況は一変していた。

六月になると旅人の脚気は一気に悪化した。身を起こすこともならず虚言《そらごと》を発し、容態は日に日に深刻になった。太宰府政庁より『帥、脚に瘡《そう》をなして重態』との報せに、都の聖武天皇は急遽、旅人の庶弟で右兵庫助・大伴稲公《いなぎみ》と甥の治部少丞・大伴古麻呂《こまろ》の二人を、駅使《はゆまづかひ》（駅馬を使える公的な使者）として太宰府へ派遣した。二人が着く頃には少し容態も回復し、旅人の遺言（大伴一族の氏上の継承など）を聞くという最悪の覚悟で来た二人を安心させた。旅人が当面の危機を脱したので、泊っていた駅使は都へ戻ることになった。遠路の往還をねぎらう送別の宴で二人の前途の安全を祈り詠った。

**草まくら旅行く君を愛《いつく》しみ副《たぐ》ひてぞ来し志可《しか》の浜辺を**　大監大伴百代（四／五六六）

**これから旅ゆくあなたを慕って一緒にやってきました、この志賀の浜辺に**

**周防《すは》なる磐《いわ》国山を越えむ日は手向《たむ》けよくせよ荒しその道**　少典山口忌寸麻呂（五六七）

**周防国の磐国山を越える日には神に十分な手向けをしなさい、荒くて険しい山道ですよ**

聖武天皇は二人の駅使の帰京報告を受けると、大伴卿の太宰帥役もこの辺が限度と思し召されたか、旅人は十月大納言を拝命し太宰帥を解かれて京へ戻ることになった。

旅人の帰任が決まると坂上郎女は

「二年前は陸路でここに来ましたが、帰りは折角の機会ですから大伴に所縁《ゆかり》の深い船で、玄海灘や瀬戸内の海を渡って都に帰りたい。途中海人たちの信仰する宗像《むなかた》神社に寄り航海の安全をお祈りしたい」と旅人に頼んだ。

「ではなるべく早い時期、冬の海が荒れる前が良い。私の従者や家持と一緒に難波の港に行く船を探して手配しよう」

十一月初旬の朝、一行は館を出発して水城まで歩き、そこで休んで太宰府を振り返った。住んだのはさほど長くはなかったが、その日は太宰府の街もその奥の政庁も特別に感慨深かく思えた。

那の津から山沿いの道を歩いて夕刻には多くの大楠に囲まれた宗像神社に着いた。出てきた禰宜《ねぎ》の言うには、「宗像神社は天照大神と素戔嗚尊《すさのお》が誓約《うけひ》をされて、天照大神の息から生まれた宗像三女神を祀っています。ここ辺津宮《へつ》には市杵島《いちぎしま》姫神、筑前大島の中津宮《なかつ》には端津《たぎつ》姫神、玄界灘のはるか絶海にある沖ノ島の沖津宮《おきつ》には田心《たごり》姫神が祀られて、古くから海の神として信仰を集めてきました。神功皇后が三韓征伐の際、航海の安全を祈って霊験があり、以来事ごとに国に弊使を遣わす習いになりました」

「ずいぶんな由緒ある神社ですね」

「大化の改新（六四五年）で国郡の制が敷かれると、宗像一郡が神領として与えられ、古来地区の有力豪族・宗像氏が神主として神社に奉仕し、神郡の行政を任されています。

大海人皇子は若き頃、北九州の豪族を挙《こぞ》って朝鮮出兵させるため、母・斉明天皇から筑紫に派遣されました。皇子はこの地の有力者宗像徳善の屋敷を頻繁に訪れて徳善の尼子《あまこ》娘と親しくなり、やがて御子が産まれました。

六六三年、白村江の戦いで北九州の多くの豪族や兵と共に父徳善が亡くなると尼子娘が後を継ぎ、大海人皇子は尼子娘との間に産まれた御子を都に引き取られました。その皇子が後の高市皇子、先日亡くなられた長屋王の父君です。大海人皇子が天武天皇として即位されると、遣新羅船は朝鮮へ行く途中に寄って宗像神社に安全祈願し、遣唐使船にも引き継がれています。しかし海の上では朝廷の船も、出雲や越へ行く倭船も朝鮮の船も同じです。我々は常に全ての船の安全を祈っています」

その日は本宮から一里ほど北の神湊《こうのみなと》に泊まり、翌朝は目の前の波に浮かぶ筑前大島に鎮座する中津宮の端津姫神に航海の安全を祈り、難波・住吉行きの船を待った。郎女は船に乗ろうと水辺に出て、砂浜で拾った貝殻を手のひらにのせて眺めた。「二枚あった貝殻が一枚ずつ離れて散ったのは、恋を忘れた罰かしら」と呟きながら、

**吾背子に恋ふれば苦し暇《いとま》あらば拾《ひり》いて行かむ恋忘《こひわす》れ貝《がい》**　（六／九六四）

**あの方を恋すれば苦しい、旅の浜で暇があれば拾って行こう恋の辛さを忘れさせる貝を**

苦しい思いで別れた藤原麻呂も、亡くなった夫大伴宿奈麻呂や穂積親王も吾背子に含めて懐かしみ、久しぶりに他人を世話する役目を忘れて自分の歌を詠った。

乗船後しばらくは舟子たちも、碇を上げて船の向きを調整し帆を上げるなど慌しく働いていたが、やがて船は順調に走り出した。赤馬関《あかまがせき》（下関）までは島影をみながらの船旅で

ある。その夜は船板の上に坐って、静かな波の上に浮かぶ月を見ていた。やがて長老格の従者三野連石守が立って詠い出した。

**吾背子をあが松原よ見渡せば海人《あま》をとめども玉藻《も》刈る見ゆ**　（一七／三八九〇）

**私の大切な人を待つ、その松原から見渡すと、漁師の娘たちが玉藻を刈るのが見える**

若い舟子らが続いた。

**荒津《あらつ》の海潮干潮満《しおひしおみ》ち時はあれどいづれの時かわが恋ざらむ**　（一七／三八九一）

**荒津の海に潮の干満があるけれど、どんな時でも、私の恋は引いて干《かわ》く事はありません**

自作の歌か船仲間に流布する歌だろうか、家持は月明かりを頼りに九首ほど書きとめた。

十一月に入ると帰京が迫り、旅人は太宰府の官人等と馬を駆って香椎《かしい》廟（熊襲征伐で死んだ仲哀天皇を神功皇后が此処に祀った。六年前の七二四年社殿竣工）に拝礼した。

帰途香椎の浦に馬を駐《と》めて目前に広がる海を眺めた。前面にせり出した伊都の岬、志賀や能古の島々は弱い西日を受けて群青色に浮かび、東国から来た防人たちは今も見張り続けている筈だが姿は見えない。陽光を受けて輝く海面を那の津に出入りする小舟の曳く水脈《みお》が交差し、やがて消えてゆく。

まず大伴卿が、

いざ児等《こども》香椎の潟に白たへの袖さへぬれて朝菜つみてむ　（六／九五七）

さあ皆の者よ、この香椎の干潟で袖まで濡らして、朝餉《あさげ》の海藻を摘もう

続いて各々がその懐いを詠った。

時つ風ふくべくなりぬ香椎潟潮干の浦に玉藻刈りてな　大弐小野老朝臣（六／九五八）

満潮の風が吹きそうな香椎潟の潮干の浦、潮の引いている今の内に玉藻を刈りましょう

往《ゆ》き還《かえ》り常にわが見し香椎潟明日《あす》ゆ後には見むよしも無し　豊前守宇努首男人（九五九）

太宰府への往きかえりに見馴れた香椎潟よ、明日からはもう見るすべもない

旅人は官人たちと別れ、独り近くの次田温泉《すぎたのゆ》（現在の二日市温泉）に泊り日頃の疲れを癒

したが、思い出すのは亡き妻のことばかり。

湯の原に鳴くあし鶴《たづ》はわがごとく妹に恋ふれや時わかず鳴く
（六／九六一）

湯の原で鳴く葦鶴は間を置かずあのように鳴いている、私が激しく妻を恋うかのように

十二月六日、山上憶良と二人で政庁の図書館で別れの宴を開いた。その席で憶良はまず倭歌四首を詠んだ。そして次第に激して来て、旅人の胸倉を掴んで掻き口説くように都への私概《おもひ》を布《の》ぶる歌を詠った。

天《あま》ざかる鄙に五年《いつとせ》住《す》まひつつ京《みやこ》の風俗《てぶり》忘らえにけり
（五／八八〇）

遠い田舎に五年も住み続けているうちに、知らぬ間に都の風習は忘れてしまったことです

吾《あ》が主《ぬし》の御《み》たま賜ひて春さらば奈良の京《みやこ》に召上《めさ》げ給はね
（五／八八二）

貴方様の御心をおかけいただいて、春が来たら奈良の都に私を転勤させて下さいな

冬十二月、大伴卿が京へ向けて出発する日、同行する官人と馬を水城《みづき》に駐《とど》めて太宰府を顧

みた。児島《こじま》という遊行女婦《うかれめ》がここまで同行して、卿との別れを傷《いた》み再会し難いと嘆いて歌を贈った、

凡《おほ》ならばかもかもせむを恐《かしこ》みと振り痛《た》き袖を忍《しの》びてあるかも　児島（六／九六五）

遠い帰路を旅立つ貴方は恐れ多い人、ああもこうもしてさし上げたいが、身分を弁えずせめてこの袖が千切れるほどに振りたい

大伴卿が和《こた》えた。

ますらをと思へる吾や水茎《みづくき》の水城《みづき》の上に涙《なみだ》のごはむ　大伴卿（六／九六八）

自分は強い男と思っていたがそうじゃない、水城の上で別れの涙を拭っているのだから

同行の官人等は最後に筑前国蘆城《あしき》の駅家《うまや》（太宰府の東南筑紫野市にあった）に集い、飲み歌いそして送った。

最後は防人佑大伴四綱の歌、

月夜《つくよ》よし河音清《かはとさや》けしいざここに行《ゆ》くも去かぬも遊びて帰《ゆ》かむ　（四／五七一）

月も美しく川音も清らかだ、さあここで旅立つ人も留まる人も心行くまで遊んで別れよう

京へ向かう所々で、四年前筑紫へ行くとき共に風景を眺めた亡妻・大伴郎女の姿が頻《しき》りに思い出された。自分の命はあと僅かと予感して無理についてきたのだった。

『鞆の浦（福山市）を過ぎし日作れる歌』

吾妹子が見し鞆《とも》の浦のむろの木は常世《とこよ》にあれど見し人ぞ亡き　（三／四四六）

妻が往きに見た鞆の浦のむろの木は今も生い茂っているのに、共に見た人はもう居ない

『敏馬《みぬめ》の崎（加古川市）過ぎし日作れる歌』

往《ゆく》さには二人わが見しこの崎をひとり過ぐればこころ悲しも　（三／四五〇）

妻と二人で見ながら通った敏馬の崎だが、帰路に一人で見ると思わず涙ぐんでしまう

ようやく着いた故郷の家、しかしここにはもう共に喜び懐かしんでくれる人は居ない。ひとしお孤独感が深まるのだった。

人もなき空《むな》しき家は草まくら旅にまさりて苦しかりけり　（三／四五一）
妻の居ないこの故郷の佐保の家は、苦しい旅にもまして耐えがたく辛いことです

妹として二人作りし吾が山斎《しま》は木高《こだか》く繁くなりにけるかも　（三／四五二）
妻と二人で造ったわが家の庭は、木も高く生い茂ったことである

上京後に筑紫の沙弥満誓より送別宴への不参の詫びと共に悲別の歌が届いた。

まそ鏡見飽かぬ君に後《おく》れてや朝夕《あしたゆふべ》にさびつつをらむ　（四／五七二）
幾たびお逢いしても見飽きぬ鏡のような貴方、後に残った私は朝夕寂しく暮らすのでしょう

大伴卿の和《こた》ふる歌

ここにありて筑紫やいづく白雲のたなびく山の方にしあるらし　（四／五七四）
この奈良の京に居ると筑紫はどの方向だろう、白雲たなびくかの山のはるか彼方だろうか

坂上郎女は一日も早く元正上皇にお会いして、集め終えた『遠の朝廷の歌』を献上したかったが、一方で恐れる気持ちも強かった。上皇にお会いした時私はどう振舞えば良いか、口先だけの慰めはすぐ見抜いてしまわれる聡明なお方だから…。

二年前の長屋王の変で王は僅か一日の訊問で無残な死を遂げ、正室・吉備内親王とその王子三名を含む子らも死に追いやられた。独身を通した元正上皇には身内は数少なく、吉備内親王は実妹でその子らは可愛い甥・姪であった。同じ長屋王の妃でも不比等の娘・長蛾子《ながこ》は事変後も何事もなく、子らと共に元の藤原家に戻っている。また息子のように愛して皇位を譲った首皇子・聖武天皇の、皇后の里方藤原氏が長屋王を殺したという噂が都では拡がっていた。

天平四年（七三二）、正月も少し過ぎた日、坂上郎女は元正上皇の宮を訪ねた。

「この度は、大変なことで…」と言いかけると、目を閉じ少し頭を下げて応えられた。二年前の元気さは薄れ、年齢相応に増えた白髪の下には時々淋しい影が現れ、それでも気丈に振舞っておられるのがかえって切なく感じられた。

「本当にご苦労でした。二年間の貴女の努力のお蔭で、大伴卿と山上憶良の二人が思う以上に良い歌を沢山詠ってくれました。大伴卿が回りの人に好かれ、喜んで歌の場に参加させる様子に感心しました。山上憶良はまだ元気なので、貴女はこれまで通り彼の筑紫の歌を集めて下さい。貴女の『魂振り』の力は、まだ残っているようだから…。

私はこの『遠の朝廷の歌』を読んだら葛城王に渡します。王には宮廷に所蔵されてきた倭歌と合せて、この時代の歌集としてまとめて貰いましょう」

「山上憶良の件は承知いたしました。旅人は病床にありますが、『遠の朝廷の歌』に関しては太宰府に同行した息子家持が事情を知っています。葛城王が歌集を作られる際には協力させて下さい」

「ではこれを渡す時に、王に言《こと》づけしておきましょう」

# 第二部　大伴家の人びと

## 四　大伴家の女たち

この頃の日本では都は天皇の代が替わるごとに、簡単な宮殿を飛鳥やその付近に建てて移っていた。持統天皇は六九四年前帝で夫・天武天皇の遺訓に従って恒久的な都を目指し、飛鳥浄御原《あすかきよみはら》宮から北四キロの奈良盆地南端に、中国儒教の経書『周礼』に記された都城制に基いて南北九条東西九坊の街路が走り、中央に宮殿を置く壮大な『藤原京』を建設して都を遷した。

**春過ぎて夏来《き》たるらし白たへの衣《ころも》ほしたり天《あめ》の香具山**　持統天皇（一／二八）

**いつの間にか春が過ぎて夏が来たようだ、天の香具山あたりに干した真白な布が見える**

出典：『最新古代史論　図版』（学研）

平城京と平城宮

この歌にはようやく成った宮殿に移り、高楼から四囲を眺めた持統天皇の新鮮な感動と満足感が伺える。

しかし二十年も経たないうちに藤原京は捨てられた。慶雲の遣唐使（七〇二年）が唐の都で見た宮殿や都市構成の規範は、遣唐使の派遣が途絶えていた五十年間に大きく変化しており、藤原京は時代遅れになっていたのである。そこで元明天皇の四年（七一〇）、藤原京の北二十キロに新たに『平城京』を建設して移ることになった。新都は唐の都・長安の大興城に倣って宮殿を北端に置き、天皇は北を背に座り南の市街と対面する形に改められた。元明天皇は持統・文武の二代に渡って築いてきた都への哀惜と、短期間の遷都で人民にかける負担を考えてあまり気が進まなかった。乗った牛車の御簾を上げて、亡き夫草壁皇子の墓処を何度も振り返りながら詠った。

**飛ぶ鳥の明日香の里を置《お》きて去《い》なば君のあたりは見えずかもあらむ**　（一／七八）

**明日香の古い京を後にして行ってしまったら、貴方のゆかりの所は見えなくなるのですね**

飛ぶ鳥の＝『明日香』の枕詞

新宮殿など一部は完成していたが、多くの政庁や寺院はまだ建設中、南側には人家がまばらにあるだけの慌ただしさだった。遷都を主導した藤原不比等はいち早く宮殿の東側を広く確保して、そこに一族の邸宅群と氏寺として広壮な興福寺を建造した。また新都での政治を早く軌道に乗せ中・下級官人たちの移住を促進するため、主な高官には宮殿近くの未整備の土地を与え新しい屋敷を建てて移るよう勧めた。大伴旅人の父・安麻呂は当時左右大臣に次ぐ大納言だったが、平城宮の東側に新たに邸宅を建て、大伴家数代にわたる故地・飛鳥の旧居から移った。佐保の山なみが平地に移る外京区域の広い一郭で、以来旅人の死まで『佐保殿』と言えば大伴一族の『氏上』の通称となっていた。

天平四年（七三二）三月一日、春の陽気に誘われるように坂上郎女は二人の娘、坂上大嬢《おおいらつめ》と二嬢《おといらつめ》を連れて佐保の大伴邸にやってきた。娘たちは母が九州に行っている間、祖母の石川内命婦とこの屋敷に住んでいたので、久しぶりの来訪を喜ぶ下女たちの働く勝手口の方へ駆けて行った。『佐保殿』の主《あるじ》の部屋は旅人の死後閉されていたが、今日は久しぶりに戸が開け放たれ、新緑の中から旅人の好んだホトトギスの鳴き声が絶え間なく聞こえていた。

部屋の中では旅人の義母で安麻呂の後妻・石川内命婦《うちみょうぶ》（五位以上の女官）、その娘で異母妹の坂上郎女、及び嗣子家持の三人で、数日後に迫った大伴一族の集会とその後の宴会の打ち合わせが始まった。旅人の死後八か月経ち主な葬事が一区切りしたので、協力してくれた一族への慰労を兼ねて旅人の後継として家持を披露する宴である。坂上郎女が集会と宴の次第、出席者の名前と人数、酒肴の準備状況を説明すると、内命婦は顔をほころばせながら言った。

「会の準備は順調のようね。お前がやってくれた旅人の葬儀や大伴一族の年長者との話し合いから見て、安心して大伴家の大刀自《だいとじ》（女主人）を任せられる気がする。九州ではだいぶ苦労して来たようね」

「ありがとう、うれしいわ。こちらに居る時は困ればお母さんに相談していたけど、九州の太宰府では知っている人も頼れる人も居ない。お母さんのやり方や宮廷での経験を思い出してやりました。特に『梅花の宴』は三十人以上の官人を集めての歌会だったので大変でした」。そう言いながら坂上郎女は家持の方に向き直して、

「今度の集会は亡き父・旅人の後を継いで名誉ある大伴家の氏上になる初めての儀式です。あまり緊張しなくても良いけれど、出席する一族の顔や血縁関係、今どんな仕事をしているか聞いてこれからの人生に役立ててほしい。九州から戻ってきた山上憶良氏もこれまでの不参の詫びを兼ねて出席するそうです。

以上で集会と宴会の打ち合わせを終えて、家持と毎月やっている歌の会に移りましょう。九州に居たとき家持の歌の勉強の積りで始めたのですが、都に戻って少し落ち着いた昨年春から二人で歌を詠んでいます。最近家持もずい分上達したので今日はお母さんも聞いて下さい」

「二人で歌会をしていたとは知らなかった。面白そうね、同席させてもらうわ」

「久しぶりにこの部屋に入ると、改めて旅人のことを思い出します。太宰府の『梅花の宴』で寒い一日を懸命に努めた旅人と、今ここ佐保邸に春が来た喜びを分ち合いましょう。

**うち霧《きら》らし雪は降りつつしかすがに吾家《わぎへ》の園《その》に鶯鳴くも**　家持（八／一四四一）

辺りに霧が立ち込め小雪が降っている、だがわが家の庭に鶯が啼き春の気配がある

**うち上《のぼ》る佐保の河原の青柳は今は春べとなりにけるかも**　坂上（八／一四三三）

流れをさかのぼると佐保の川原の柳が鮮やかに芽吹いていて、春の訪れを告げています

**尋常《よのつね》に聞くは苦しき喚子鳥《よぶこどり》声なつかしき時にはなりぬ**　坂上（八／一四四七）

盛りになるとうるさく聞えるカッコウの声も、春先の今は懐かしく感じます

最近家持は私の歌に和《こた》えるだけでなく、自分から思いがけない方向に歌を発展させるようになった。先月だったかしら

**月立ちてただ三日月の眉根《まよね》かき日《け》長く恋ひし君に逢へるかも**　坂上（六／九九三）

新しい三日月のような眉を掻いたので、長く恋しく思っている貴方に会えるのでしょうか

と私が詠ったら次の歌で和えたのよ

振仰《ふりさ》けて若月《みかづき》見れば一目見し人の眉引《まよびき》思ほゆるかも　家持（六／九九四）

空を仰いで三日月を見ていると、一目しか会っていないあの人の描き眉を思い出します

まだ子供と思っていたのに、初々しさの中に女をときめかすこんな歌を詠うなんて…」

家持は郎女の言う意味が分からなくて下を向いていると、追い討ちを掛けるように、

「『一目見し人』とは誰のこと？　隅に置けない子ね、気になるわ！」しばらく家持を軽くにらんでいた。

「…けど家持を責められない、私が穂積《ほづみ》親王（天武天皇の第五皇子）に嫁いだのは十三歳（七一〇年頃）だった。これから家持も一人前の人間として色々な人と付き合うでしょうが、大人の世界はなかなか難しい。もう旅人には教われないから、代わりに私たちが世の中で経験した事を話してやりましょう。私たち女と男の世界とはずいぶん違うけど、変な

理屈や損得を離れた女の話が、案外このさき役に立つ事があるかも知れない」
「良い考えね、お前から始めておくれ、一段落したら代わるから」

「穂積親王のことでは私が幼かったので何かと噂する人も居たけど、優しく私を思ってくれたので年の差は余り気にならなかった。ただ親王と一緒に暮らしたのはわずか五年、子供が生まれ私も少し大人になって、これから充実した生活を…という四十歳の若さで亡くなられて本当に残念でした。ただあの人の心の中には終生、悲劇で終わった幼い頃の恋の相手、但馬皇女《たじまのひめみこ》の姿がありました。時々文箱から亡き皇女の歌を取り出して遠くを眺めながら呟くのを、私はただ遠い物語のようにうっとりと聞いていました。親王はそんな幼い私を愛《いと》おしく思われたのでしょう。

持統五年（六九〇）頃、天武天皇を父とする但馬皇女は年の離れた異母兄高市皇子の香具山宮に引き取られ、そこで同じ年頃の異母兄・穂積皇子と親しくなったのです。

秋の田の穂向《ほむき》の寄れること寄りに君に寄りなな言痛《こちた》かりとも　皇女（二／一一四）

秋の田の穂が同じ向きに向くようにひたむきに君に寄り添いたい、世間の噂があっても

皇子との密会が露われたとき思い切った行動に出る

人言《ひとごと》を繁み言痛《こちた》み己が世に未だ渡らぬ朝川渡る　皇女（二／一一六）

人の噂がひどく私の心を傷つけるので、私はまだ渡ったことのない朝の川を渡ります

皇女の激しい思いを背に皇子は近江の志賀山寺に遷させられた、そのときの歌

遺《おく》れ居て恋ひつつあらずは追ひ及《し》かむ道の隈廻《くまみ》に標結《しめゆ》へ我が背　皇女（二／一一五）

後に残って貴方を恋焦がれるより追って行きたい、道の曲がり角に目印を結んで下さい

皇子はそのまま志賀山寺で軟禁される、二人が次第に疎遠になっていった頃

ことしげき里に住まずは今朝《けさ》鳴きし雁に副《たぐ》ひて往かましものを　皇女（八／一五一五）

噂のひどい人里に住むより、今朝鳴いた雁と連れ立ってどこか遠くへ行ってしまいたい

慶雲五年（七〇八）皇女死去、皇子嘆きて

**今朝《けさ》の朝け雁《かり》が音《ね》聞きつ春日《かすが》山もみちにけらし我が情痛《こころいた》し**　皇子（八／一五一三）

今朝の明けがた雁の声を聞いた、ああ春日山は黄葉したらしい、こころにしみてつらい

皇女が薨去《こうきょ》した後、雪の降る日に皇女の墓を遥かに望み、泣きつつ皇子の詠う

**降る雪はあはにな降りそ吉隠《よなばり》の猪養《いかひ》の岡の寒からまくに**　皇子（二／二〇三）

降る雪よはげしく降らないでおくれ、あの人が眠る吉隠の猪養の岡が寒くないように

その後皇子は性格の合わない政治の世界で活躍しますが、宴席の酒で盛り上がるとよくこんなざれ歌を詠っていたそうです。

**家にありし櫃《ひつ》に鍵《かぎ》さし蔵《おさ》めてし恋の奴《やつこ》のつかみかかりて**　（一六／三八一六）

自宅の箱に厳重に収納していた筈の恋というヤツが、この俺に掴みかかって来やがった

親王は私と一緒になってからも、家に帰ると毎日のように別な文箱から木簡を取り出して、歌を詠みながら紙に書き写していました。何をしているのと尋ねると、時間をかけて

次のような話をしてくれました」

〔穂積皇子の語る『宮廷古歌集』の由来〕

天武四年（六七五）の詔勅《しょうちょく》（天皇が公の資格で発する文書）に『大倭《やまと》・河内・摂津・山背・播磨・淡路・丹波・但馬・近江・若狭・伊勢・美濃・尾張の国々に命ず、各国内の歌の上手な男・女、侏儒《しゅじゅ》（小人）、伎人《わざひと》（芸人）を選んで貢上するよう』とある。

こうして、農耕の節目に行われた日本古来の神楽舞踊や歌垣などで歌われた歌謡と、百済・新羅などから渡来して地方豪族に雇われた人たちの踊りや民謡が、次第に融合・洗練されて宮廷儀式が賑やかになりました。中には倭歌を詠む者もあり、歌や漢字の素養に長けた柿本人麻呂という男が見出されて、口伝えに詠われてきた歌を漢字で文字に書き残す作業が始まりました。日本書紀などの記録類は内容を漢文に移して書けますが、口誦されてきた倭歌は同じように漢字で書くことはできません。（補足：漢字の代わりにアルファベットを使ったとして、日本書紀は英語に翻訳して書くことができるが、日本語の音韻を基調とする倭歌は日本語のままローマ字式に書くしかない。）人麻呂は工夫を重ねて、漢字を流用して人々が詠い伝承してきた倭歌を書き残す方法を考え出しました。

もう少し詳しく説明すると、これまでも渡来人たちは倭ことばに漢字の音を当てはめて、例えば男と女の間の想いを『古非《こひ》』などと書いていた。しかし、人麻呂は倭ことばの『こひ』と同じ意味の漢字『恋』を本来の音『れん』ではなく『こひ』と発声する方法（訓）を採用し、また漢文の語順ではなく歌を詠み出す順に漢字を並べました。

最初、人麻呂は次のように書きました、

① 恋死恋死耶玉鉾路行人事告無

しかしこれでは、作者の詠んだ歌を次のように作者の意図の通り読むのは難しい。

恋ひ死なば恋ひも死ねとか玉ほこの路行く人の事も告げなく　（一一／二三七〇）

恋い死にたければ恋い死ねとでも言うのか、路行く人すら恋占いを告げに来てくれない

玉鉾＝路の枕詞

そこで基本は前と同じだが、補助的な漢字（我、乎、丹、者、而など）を追加して、漢語には無い倭ことばのテニヲハや動作語などの変化を表現できるようにしました。

② 子等我手乎巻向山丹春去者木葉凌而霞霏霺

**子等が手を巻向《まきむ》く山に春去れば木の葉しのぎて霞たなびく**　（一〇／一八一五）

若い娘が手を巻き枕する、その巻向山に春が来れば木の葉を覆うように霞がたなびくよ

そして人麻呂は『古歌集』より三六〇首ほどの歌を選んで、①や②の表記法を使って『柿本人麻呂歌集』を作りました。

六八九年持統天皇は即位に当たって、亡夫天武帝の遺業を漏れなく継承するため、各部署に命じて現状を報告させせました。先の詔勅については、持統天皇に召された柿本人麻呂が歌集を提出して、現状を報告し併せて次の自作歌を詠み前帝の御世を称えました。

**大君《おほぎみ》は神にしませば天雲《あまぐも》の雷《いかづち》の上《うへ》に庵《いほり》せるかも**　柿本人麻呂（三／二三五）

**前帝は神でございますから、天雲の中雷岳の上の行宮に居られるのでしょう**

この歌全体に漂う荘厳さに感激された天皇は直ちに柿本人麻呂を宮廷歌人に任じ、宮廷行事や行幸啓（天皇皇后の正式な旅）に合わせた祝賀歌、皇室の要人の死を悼む挽歌を詠う役を与えて、皇室の権威を高めることに成功しました。

朝廷の儀式が唐風の歌や舞踊が主になると先の詔勅で集められた人々は新たに設置された雅楽所へ移され、古来の倭の歌謡を伝承する人は次第に減った。人麻呂の後を受け継ぐ人は無く、残りの歌は木簡に書かれた段階で雅楽寮の倉庫の『宮廷古歌集』と書いた櫃《ひつ》の中に納められていました。

私は父・天武帝の遺志が埋もれてしまうのが惜しく、知太政官事（太政官の長、総理大臣相当）の仕事を終え邸に帰ると、残された木簡の整理作業を続けています。歌の作者は各々勝手な漢字を使って書いているので簡単には読めません。『柿本人麻呂歌集』にある類歌と比較したり口に出して詠った調子で判断したり、結構手間がかかります。

〔穂積親王の話　終〕

「私は歌の勉強にもなるので手伝いたいと申し出て、親王の指示に従って紙に書き写す作業を引き受けました。親王は朝廷の仕事を終えて帰ると、文箱の木簡の中から一歌ずつ選んで私に読み聞かせ、それを私が翌日紙に清書するのです。親王は歌の作者の思いや背景を調べて親切に説明してくれました。忙しい仕事を終えて一息つけるのが嬉しいと言い、私は歌の世界の奥深さを学ぶのが楽しくて親王が亡くなるまで続けました。宮廷の上級官人らの歌と違って、渡来人を含む近畿地方の百姓や遊芸人の他、下級官人やその子女、遊行女婦《ゆぎょうおんな》などが唄った歌は新鮮な世界でした。清書作業の合間に古歌をまねて作った私の歌をお見せすると、一緒に読んで手を入れてくれました。歌が見違えるように良くなるので、ほんとうに嬉しかった。

霊亀元年（七一五）穂積親王が亡くなり私が佐保邸に戻るとき、想い出深い古歌集の写しを形見に頂きました」

「私にも初めて聞く話が多くて面白かった。疲れたでしょうから少し休みなさい」と言って石川内命婦が話し始めた。

「父は蘇我連子《むらじこ》と言い、大化改新（六四五年）で蘇我本家の馬子《うまこ》や蝦夷《えみし》らは滅ぼされたが蘇我石川一族は残り、天智天皇の右大臣でした。一族は天智天皇死後の壬申の乱（六七二年）で大友皇子方について多くは滅ぼされました。父は乱の少し前に病死し私は乳母の里方で普通の娘として育てられ、今の家持と同じ年頃に天武天皇の皇后鸕讃良《うのさらら》（後の持統天皇）の御殿に出仕しました。皇后は母が同じ蘇我石川一族でしたので安心して私を傍に置いたのでしょう。

私がお仕えした皇后の実子草壁皇子は皇太子で次期天皇としての教育中であり、周囲にも緊張した雰囲気がありました。一方皇后の同母姉・太田皇女の忘れ形見・大津皇子は、草壁より半年後生まれ、歌も上手く容姿や振る舞いも上品なので、自然に周りに人が集まり女官にも人気がありました。若かった私は二人の皇子のまばゆい姿を遠くから拝見して、ただ感激してお仕えする毎日でした。ある日大津皇子がお部屋から出た所で女官たちに囲まれると、即興的に次の歌を作って『誰か和《こた》へてくれ』と言って見せました。

**あしびきの山のしづくに妹待つと吾《われ》立ち濡れぬ山のしづくに**　（二／一〇七）

**山の木の枝からしたたる水滴に、あなたを待ち続けた私はすっかり濡れてしまったよ**

女官達は憧れの皇子の思い人になったように、われこそは…と、もちろん私も気持ちを込めた歌を作って差し出しました。皇子はその歌の中から一つを選んで読み上げました。なんとそれは私の歌だったのです。

**吾《あ》を待つと君が濡れけむ足引きの山のしづくにならましものを**　石川内命婦（二／一〇八）

**濡れたという山のしずくに私はなりたかった、そうすればずっとお傍にいられたのに**

ワーと上がる女官たちの嬌声に、何の騒ぎかと草壁皇子までお部屋から出てこられまし

た。私の歌が大津皇子に選ばれたと聞いて、『栄《は》えあるわが方の女子《おほなこ》に贈る歌を…』と言って、

**大名児《おほなこ》を彼方《おちかた》野辺に刈る萱のつかのあひだも吾《われ》忘れめや**　　草壁皇子（二／一一〇）

**女の子よ、萱束の一握りほどの短い間でも、私は貴方を忘れませんよ**

真面目一方の草壁皇子がこんな歌を詠ったので女官たちも大津皇子もびっくりされました。私には晴れがましく夢のような一日でした。

しかしこんな楽しいことは永くは続きません。朱鳥元年（六八六）長く病床にあった天武天皇が崩御されると、直後に大津皇子は他の皇子からの密告で捕えられ、翌日磐余《いはれ》（桜井市の一部の地名）の自邸で死を賜ったのです。

**百伝《ももづた》ふ磐余《いはれ》の池に鳴く鴨《かも》を今日のみ見てや雲隠《がく》れなむ**　　大津皇子（三／四一六）

**いわれの池に鳴く鴨を見るのも今日を限りとして、私は雲のかなたに去るのだろうか**

大津皇子の死を聞いた妃の山辺内親王は黒髪を振り乱して裸足で刑場に走り、首に子刀を

突き刺して殉死されたそうです。

思いがけず私にも司直からの尋問があり、示されたのは先年三人が詠った歌でした。しかし私の歌（一〇八）と草壁皇子の歌（一一〇）との間に、詞書《ことばがき》で『大津皇子は津守の占いで石川女郎との仲が明らかになったのに、あえて密会して詠んだ』と説明があり、次の歌が追加されていました。

**大船の津守が占《うら》に告《の》らむとは正《まさ》しに知りてわが二人寝《ね》し**　大津皇子（二／一〇九）

**津守の占いによって世間に知れるとは前から承知の上で私たち二人は寝たのだ**

全く身に覚えのないことを追及されて立ち竦《すく》んでしまいました。後で追加された歌と詞書によって、私の立場がこんなに変わってしまうなんて…。

結局私は皇子の評判を落とす手段として使われただけで、大津皇子の主罪は密かに男性禁制の伊勢神宮を訪れて同母姉の斎宮《さいぐう》大伯《おほく》皇女に会ったことでした。皇子の妃山辺皇女の悲劇的な死や激情を抑えた姉大伯皇女の歌と比較すると、わが身の不運も詠んだ歌も、とても二人に及ばないと痛感しました。

大津皇子が窃《ひそ》かに伊勢の神宮に行き、都へ戻るのを見送って大伯皇女《おほくのひめみこ》が作られた歌

わが背子を大和へ遣《や》るとさ夜ふけて暁露《あかとき》にわが立ちぬれし　（二／一〇五）

絶望の待つ大和へ帰る貴方を、夜が更けるのも忘れて見送った私は朝露に濡れてしまった

二人ゆけど行き過ぎかたき秋山をいかにか君が独り越ゆらむ　（二／一〇六）

二人一緒でも行き難い山道を、今ごろ君はひどく苦労して独り越えているのだろう

十月大津皇子は謀反人として死を賜わり、翌月皇女は伊勢神宮斎宮《さいぐう》の役を免じられて都へ戻りました。二上山《ふたかみやま》に皇子を移葬して自らも傍らに庵を作り、故人を偲びつつ後の人生を過ごされました。

うつそみの人にあるわれや明日よりは二上山《ふたかみ》を弟背《いろせ》とわが見む　（二／一六五）

生き残った私は明日から、二上山をあなたと思って暮らすしかないのですね。

磯《いそ》の上に生《お》ふるあしびを手折《たを》らめど見すべき君がありといはなくに　（二／一六六）

水辺に咲いている馬酔木の花を手折っても、見せたい貴方はもう居られないのですね

それにつけても鵜讃良皇后の誤算は大きな犠牲を払って実現しようとした、わが子草壁皇子が皇位を継承する寸前にあっけなく病死したことです。気丈にも皇后は天智・天武帝の改革を引き継ぐため自ら即位して持統天皇となり、草壁皇子の子・軽《かる》皇子の成長を待つことにしました。軽皇子が十五歳になり、文武天皇として即位したのは持統八年（六九七）八月でした。

このような外の世界の激しい動きに対して、私は十年以上大伯皇女の隠《こも》る二上山の庵に同居して、まったく時代に取り残された生活を送っていました。持統天皇から密かに命じられた私の役目は、故大津皇子及び大伯皇女の『呪い』が都の幼い軽皇子に及ばないように見張っていることでした。しかし持統の心配されるような事は何もなく、私はただお側に仕えて過ごしました。皇女はその後仏教に帰依され、経を上げ写経して過ごす清らかな

一生でした。歌心も湧かないようでその後一首も詠まれませんでした。やがて皇女は病気がちになり、自分の死後私たち女官の身の振り方を心配されていました。

その頃朝廷の使いで時々庵に出入りしていた大伴安麻呂から、私は思いがけない歌を頂きました。


**神樹《かむき》にも手は触るといふをうつたへに人妻といへば触れぬものかも**　(四／五一七)

**神木でも手を触れるというのに、人妻と言うだけで触れていけないとは言わないでしょうね**

二上山での私の暮らしを、神木に譬えて皮肉った妻問いの歌でした。私は皇女と相談の上で次の歌を返しました

**春日野の山辺の道を恐《おそり》なく通ひし君が見えぬころかも**　(四／五一八)

**春日野の山辺の道を恐れることなく通ってこられた貴方が、最近お見えにならないですね**

大津皇子らとやり取りした頃に比べれば私も痛い経験を経て充分慎重になっていました。

持統天皇が崩御する（七〇二年）少し前に許しを得て退き、安麻呂と暮らすようになりま

した」

内命婦は二人が熱心に聴いてくれるのを見て、長くたまった想いを吐き出すように話し続けた。

「前代の一般人民を巻き込んだ壬申の乱よりは良いけれど、皇位継承に関わると人は非情に残酷になりますね。天皇位を継承する上では、時の天皇を中心に血のつながりが濃いほど有利です。そこで若い御子たちの周りでは、母親の血筋の貴賤や現天皇との遠近などを巡って、身内同士最後の一人となるまで激しい競争があります。妻を選べる範囲は狭く対象者の病死や暗殺などによっても状況は変化するので、大津・大伯や穂積・但馬のような個人的悲劇が起こります。天智・天武帝が理想とした皇親政治を継続するのは、豪気な持統天皇にとっても難しいことでした。

私と同じ蘇我連子の娘で十歳ほど年上の異母姉・蘇我昌子《しょうし》は藤原不比等の正妻となり、長男武智《むち》麻呂（南家の祖）、次男房前《ふささき》（北家の祖）を産み育て、権勢の中心になりました。

しかし結婚した当時は、不比等は壬申の乱で敵方になった故中臣鎌足の長男、昌子は権力闘争に敗れた豪族・蘇我氏の出、互いに日陰者の侘しい暮らしでした。鵜讃良皇后が持統天皇として即位すると、祖父蘇我安麻呂の自死で中断された蘇我石川家の氏寺・山田寺を完成させ、祖先を供養する形で支えになる蘇我一族の女たちを結集しました。不比等は妻昌子を介して持統天皇に食い込み、天武帝の目指した政治を継続し強化する一方で藤原氏としての勢力を強化して行きました。昌子が大宝の初年に亡くなると、不比等は犬養三千代と再婚して二人三脚で皇族への足がかりを築き始めました。三千代は私と同じ持統天皇の女官仲間で、九州から来た美努《みぬ》王と結婚して既に三人の子持ちでしたが、知らぬ間に離婚していたのです。

やがて不比等が亡くなると、息子たちは父のやり方に倣って、短命に終わった文武天皇の後に元明・元正両女帝を即位させ、自らの血統を聖武天皇につないだのです。つまり、文武天皇の妃に異母妹・宮子を入れて首皇子《おびとのみこ》（後の聖武天皇）が産《うま》れ、宮子が産後精神異常になると幽囚し、丁度不比等との間に娘を産んだばかりの三千代を首皇子の乳母にした。以後三千代は皇太子の後見として力を持ち、不比等の息子たちと協力して実娘・光明子を兄妹のように育てた基皇子の許に入宮させ、皇子が即位すると妃、更に非皇族の藤原氏出身初の皇后にすることに成功しました」

「本当に見事ですね、三千代と言う人は」

「とにかく仏教に熱心だし、何事もそつなく時間をかけて着実にやるので余り悪く言う人は居ませんね。

一方私が結婚して入った大伴一族は、壬申の乱では大海人皇子方で立派な働きをしたのに、即位した天武天皇は天皇と親王中心の『皇親政治』を目指したので、一族は余り良い地位に就けなかった。安麻呂は大伴の主家筋の右大臣長徳の六男、最初の妻は古い豪族の娘でしたがやがて病死しています。私達が結婚して間もなく対馬でわが国初の産金発見の報があり、それが虚報と分かると安麻呂の兄大納言・御行《みゆき》は責任を取って辞任し、失意のうち亡くなりました。そして六男の安麻呂が大伴一族の氏上を継いだので私は大刀自《とじ》となり、安麻呂や長男の旅人と共に、佐保大伴家を維持し大伴家に伝わる祭祀を主宰する仕事を引き継ぎました。各地に散在している荘園を経営し、三十余年間忙しく働きました」

「お母さんは仕事が忙しくても、時々はそばに来て女の身だしなみや古くから伝わる倭歌を教えてくれたので、後で役に立ちました」

「そのうちに朝廷で仕事仲間の穂積親王から安麻呂へ、お前を頂きたいというお話があり、まだ幼いから断わろうと思ったけど、念のためお前の気持ちを聞くと『行っても良いわ』と。親が思っているより大人になっていたのね」

「その穂積親王が亡くなられて私は佐保の家に戻り、そこへ藤原麻呂が時々通って来ました。麻呂とは子供の頃、家が近く顔なじみだったので、いつから付き合いが再開したのか覚えていません。麻呂は藤原四兄弟の末弟で、今は京職（現在の都知事相当）藤原大夫として大変な勢いだけど、当時はまだやんちゃなところがあって一度結婚した私には魅力的でした。歌を作るセンスにも非凡な所があって腕を磨くには格好の相手でした。

京職藤原大夫、大伴郎女に贈れる歌

よく渡る人は年にもありといふをいつの間にぞも我が恋ひにける　（四／五二三）

辛抱する人は一年も逢わずにいられると言うが、何時の間に私はこんなに恋したのだろう

大伴郎女の和ふる歌

佐保河の小石ふみ渡りぬばたまの黒馬《くろま》の来る夜《よ》は年にあらぬか　（四／五二五）

佐保川の石を踏み渡って君の黒馬の来る夜が、年の内には無いでしょう

来《こ》むと言ふも来《こ》ぬ時あるを来《こ》じと言ふを来《こ》むとは待たじ来《こ》じと言ふものを　（四／五二七）

貴方は来ると言っても来ない時があるのに、来ないと言うのをなぜ待つの来ないと言うのに

千鳥鳴く佐保の川門《かはと》の瀬を広み打《うち》橋渡す汝《な》が来《く》と思へば　（四／五二八）

千鳥が鳴く佐保川の川門が広いので板橋を打ち渡します、あなたが来てくれると思って

いま私が男と女の微妙な恋の歌を作れるのも、麻呂との楽しくまた辛く苦しい経験があったからね。ただ気が向くときだけ麻呂が佐保の家に通って来るのを、私はただ待つだけというのは気性に合わなかった。その辺を見ていたお母さんの勧めで、麻呂と別れて同族の大伴宿奈麻呂と世帯を持ちました。この人は麻呂と違って、女の心を想って詠うことはできないしまたしない。官人として永い間苦労の多い地方の国司をまじめに勤めていました。結婚して二人の娘、大嬢と二嬢が生まれ、これから実りのある人生になるというときに亡くなった。私はまた寡婦になり、三年前上皇に勧められて太宰府の兄・旅人の所へ行ったのです」

「麻呂がお前に近づき、またはっきりしたわけもなく別れて行ったのは別な思惑《おもわく》があった気がする。藤原氏としては、皇族方の有力者・長屋王と大伴氏とのつながりを弱めたい。そこで麻呂がお前に近づいて、穂積親王没後の動きを探ったが、お前が他の親王ではなく大伴一族の宿奈麻呂との結婚に傾いたので、問題なしと判断して離れて行った。亡き不比等の後妻・橘三千代が立てた策略で、勿論若い麻呂にはそんな下心はなく何も知らなかったかも知れない。新興の藤原氏としては古来天皇の近辺を護り地方にも強い勢力を持つ大伴氏の動きを警戒していたから…」

「お母さんは相変わらず麻呂に厳しいのね。麻呂が私と付き合った頃は従五位下だったのに、不比等公が亡くなると従四位上となり、今では参議で兵部卿兼山陰道鎮撫使《ちんぶし》です。急な出世に忙しくて女の私まで手が回らなくなったのでしょう」

「分かりましたよ。ところで穂積親王形見の『宮廷古歌集』は、今どこにあるの」

「大伴宿奈麻呂と結婚したとき他の荷物と一緒に坂上の屋敷に移したので、今もあるでしょう、すぐ探します。子供が生まれ宿奈麻呂が亡くなり、さらに九州への行き戻りで歌集のことはすっかり忘れていました。実は先日、元正上皇の所へ伺うと『いま朝廷に出仕している若い娘たちは殆ど歌を詠わなくなった。その場の求めに応じて歌を詠む伝統も経験も無くなったからでしょうが、このままでは倭歌の将来が心配です。お前には娘たちが歌の良さを知り、歌を詠む喜びを体験する機会を作ってほしい』と言われました。私は上皇宮の娘たちを集めて、古歌集を使った歌の塾を開く積りです。これから家持も協力しておくれ」

その時長く待たされていた坂上郎女の娘二人が来て、部屋の外から家に帰ろうとせがんだので急に現実の世界に引き戻された。

## 五　大伴一族の集まり

一族の集会が始まると、まず旅人の末弟で右兵庫助・大伴稲公が立って挨拶した。

「一昨年の夏太宰府で大病した旅人は暮に大納言の役を拝命して都に戻り、やがて伏したまま去年夏亡くなった。結局兄が生き延びたのは一年足らずだったが、京に戻って義母・石川内命婦と相談して大伴一族の氏上を十五歳の嫡子家持に引き継がせ、坂上郎女が後見役と佐保・大伴家の大刀自を兼ねることで一族の同意を得て、目出度く今日を迎える運びとなった。では家持の将来のため、一族の若手古麻呂と古慈悲には官人の先輩として励ましの言葉を頂きたい」

古麻呂が立った。家持の従兄である。

「私は次期の遣唐使に選ばれ、来年天平五年（七三三）多治比広成大使の属官として出発します。天武帝の発願で元正帝時代（七二〇年）に完成した『日本書紀』を、唐の皇帝に献上するのが私の役目です。『書紀』はわが国初の正史で、わが国が中国に劣らぬ長い歴史を持つこと、唐式の制度・文化を取り入れ短期間に徳で治める立派な国になったこと、最近高句麗・百済を滅ぼして朝鮮を統一した新羅は昔からわが国へ朝貢していたことを説明します。仏教伝来以降、都には大寺院、地方にも多くの寺を建て鎮護国家の体裁を整えて来たが、正規の戒律僧を認める体制がないので唐の朝廷に伝戒師として適当な高僧を派遣して欲しいと依頼します。唐の役人への説明は渡来系の通詞がしますが、その傍らでわが国の意志を伝えるのが私の役目です。現在私は何を問われても誤解なくかつ侮られずに日本を説明できるよう準備しています。

　所で、大伴家は『日本書紀』に記された通り、古来天皇護衛の臣として神武天皇の東征に同伴して蛮族と戦い、身命を賭してヤマトの平定を助け、神功皇后の三韓征伐でも海を渡って新羅、百済、任那と戦って勇名を馳せています。降っては雄略天皇死後の皇統断絶の危機に大伴金村が越の国から応神天皇五世の子孫をお連れして、継体天皇として即位させ現在に続く安定した皇統を確立しました。また先の壬申の乱では天武天皇を守って輝かしい戦果を上げ、その功で長徳、安麻呂、旅人は右大臣や大納言になり、その他多くの有力官人を輩出してきた家柄である。ここで一族の氏上となる家持は一族の光栄ある過去を引き継いで更に立派に発展させて欲しい」

続いて学者肌で最近『大学寮』の大允《だいじょう》の職を得たまた従兄の大伴古慈斐が、律令制と官僚制度について説明して、将来官人となる家持の関心にこたえた。

「ヤマト王権の形成期に『姓《かばね》』と呼ばれていた血族集団から、吉備、葛城、蘇我など地域別の同族集団（豪族）『氏《うじ》』と、物部、大伴など地域を越えた職能集団の『部《べ》』が現れ、各々が土地と人民を所有・支配しながら王権内の仕事を分掌していた。大王一族が皇族として強大化すると、支配体制を強化するため姓・氏・部は序列化・統制化されて私的な集団から公的な制度へと再編成された。推古十一年（六〇三）聖徳太子は血縁や勢力にとらわれない人材登用を進めるため、官職と位階を関連づける官位（冠位）十二階を制定し、その後大宝律令（七〇一年）では唐制に倣って氏姓制度と官位制、及び職掌を体系的に整備し集大成した」

「抽象的でよく分からないので、大伴氏に関連して具体的に説明してください」

「我々大伴の先祖が支えた王は有能で、周りの王たちを征服して大王となり、先祖は負けた他の王の部下を家来に組み入れて『大伴氏』として発展してきた。大王が更に征服を続けて日本全体を統一する天皇になると、今までの血族集団に基づく組織をそのまま拡大するのをやめて、中国に倣って律令（法）を定めて機能的な組織を作り、分解された血族集団内の一人ひとりを国民としてその組織の中に組み込むようにした。今では大伴と言っても氏上が支配する組織ではなく、単なる名称に過ぎなくなった」

「大伴の人々はこの変化をどう思っているのでしょう」

「頭では分かっても、納得できない気持ちも…。やはり大伴の名は大きいのですよ」

「少し分かって来ました」

「では次に、今の大宝律令で国の組織がどうなっているか簡単に説明しよう。国の租税や刑罰、裁判などを審議・決定するのが太政官《だじょうかん》、その『長官《かみ》』は（太政大臣）・左大臣・右大臣であり、『次官《すけ》』は大納言や参議である。

先年までは長屋王がトップの左大臣、多治比池守が大納言、お前の父旅人や藤原武智麻呂が中納言、その他参議に藤原房前が居られた。いまは大分若返って、トップは大納言の武智麻呂、参議は房前・宇合・麻呂の藤原兄弟と多治比県守、葛城王らである。

その下に実務部門を管括する『判官《じょう》』の少納言・左弁官・右弁官があり、少納言は書記を、左弁官は中務・式部・民部・治部の四省を、右弁官は兵部・刑部・大蔵・宮内の四省を管轄する。その下の『主典《さかん》』に、少納言局に属して書記を行う大外記・少外記と弁官局に属して事務を行う大史・少史がある。官員令では八省は勿論、国司や太宰府なども、長官《かみ》・次官《すけ》・判官《じょう》・主典《さかん》の『四等官』が定められ、官制の基礎になっている」

「でも国司と太宰府とでは、夫々呼び名が違うようですね」

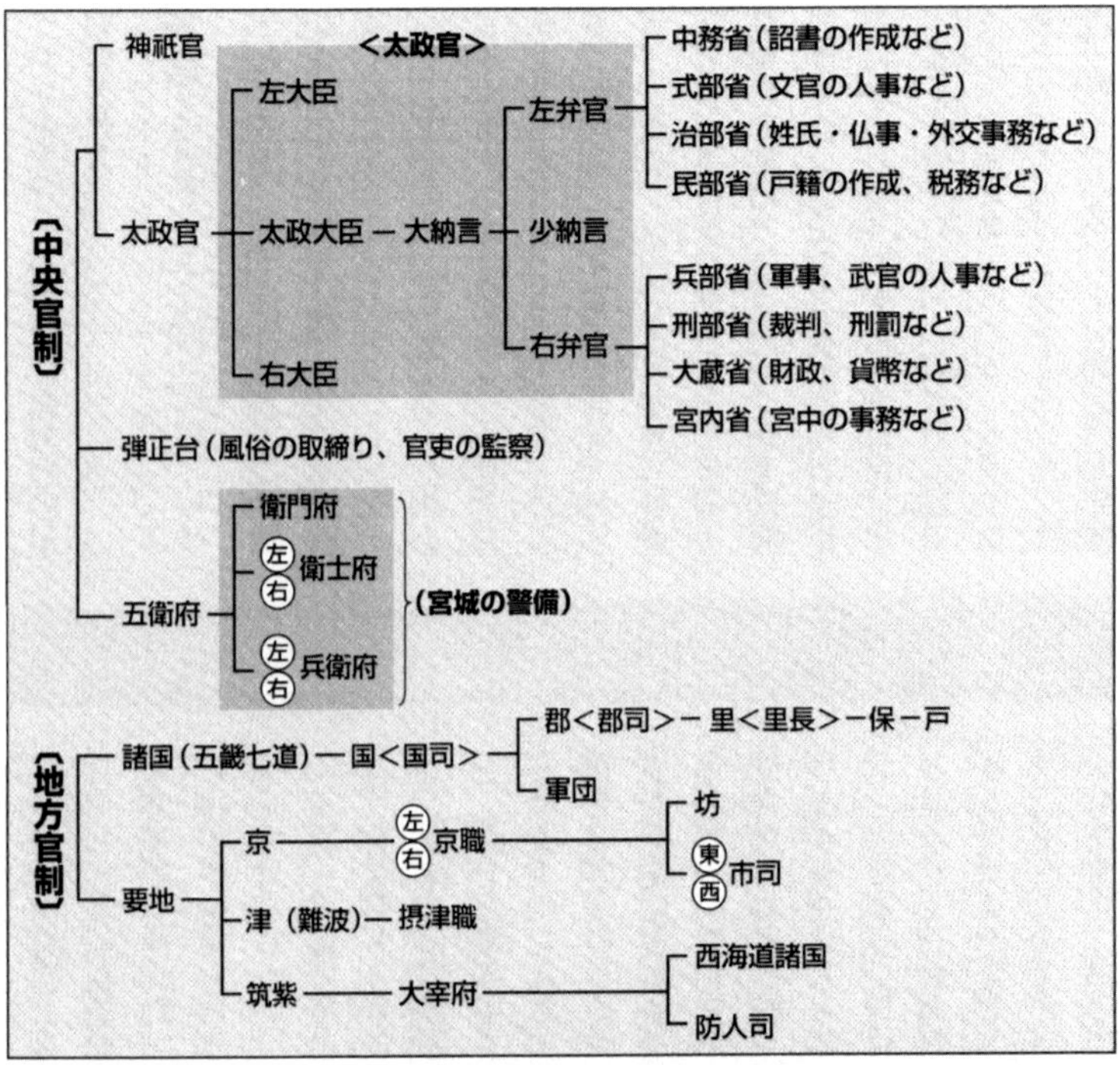


出典：『最新古代史論　律令国家の成立と平城京の誕生』（林部均、学研）

大宝令下の官令

「国司は長官が守、次官が介、判官が掾、主典が目。太宰府は長官が帥、次官は大弐・少弐、判官は大監・少監、典は大典・少典となっている。これら文武百官すべての官職の定員と資格は律令で決められている」

「資格とは？」

「正一位から少初位下《しょうそいのげ》まで三十に分かれた位階で、五位以上は貴族として昇殿（朝廷の殿上の間に伺候する）を許され衣服なども制限が加えられる、六位以下は地下《ちげ》で昇殿出来ない。その下の使部・伴部・舎人などは無位である」

「ずいぶん細かく定めてあるのですね。人の位階はどのように決まるのですか？」

「式部省管轄で官僚を育成する大学寮で官僚の候補生を教育し試験する。大学寮の学生は寮内の寄宿舎に入って授業を受け、最優秀卒業者は正八位下に叙任される。しかし正八位下は五位の親を持つ子が『蔭位《おんい》の制』で自動的に授けられる程度の位階である」

「『蔭位の制』とは？」

「高位者の子孫に相応の位階を授ける特典で、子孫が二十一歳以上になると叙位される。旅人殿は死亡時に従二位だから、多分お前はこの制により二十一歳で従六位下に叙位されるだろう。任官した後は本人の働きによって昇叙されるが、その審査を行うのが中務省《なかつかさ》である。

私の祖父・吹負《ふけひ》は旅人の祖父・長徳の弟で壬申の乱では大功を上げたが、根から武人気質で読み書きを好まず、律令体制は性に合わないと言って故地の飛鳥に隠居して亡くなった。それで息子即ち父・祖父麻呂は蔭位の特典が無く、苦労して霊亀二年（七一六）従五位下になったが、同年輩の旅人は既に従四位上だった。昨年父が従四位下越前按察使兼国守となり、私も二十六歳でようやく正七位下・大学寮の大允《だいじょう》（三等官）になれた」

「有難うございました。官人として仕事をするのは私が考えている以上に大変なようですね、これから学んで準備します。

なお故父・旅人についてですが、四年間の筑紫の勤めから帰り、翌七月故郷の飛鳥を偲んで詠んだ歌が辞世となりました。

**しましくも行きて見てしか神名火《かむなび》の淵《ふち》は浅みて瀬にかなるらむ**　旅人（六／九六九）

**ほんのしばらくでも行って見たいものだ、神南備川の淵は浅い瀬に変ってないだろうか」**

坂上郎女が引き取って

「旅人は最後の太宰府でずいぶん多くの歌を詠みました。中でも最も兄らしく今日に相応しいのは十三首の『酒を讃《ほ》むる歌』でしょう。今日は沢山の酒を用意したので、故人を思い出し存分に飲み謡って楽しんで下さい。

**酒杯《さかづき》に梅の花浮《うか》べ思ふどち飲みての後は散りぬともよし**　坂上郎女（八／一六五六）

**酒杯に梅の花を浮かべて気の合う者同士呑みましょう、後は梅が散っても構わないから」**

続いて山上憶良が少しふらつきながら立ち、

「私は大伴卿の帰京に一年遅れ、昨年暮に筑紫から戻りました。下戸の私と大伴卿とは酒や仕事はともかく、歌を通じて心から楽しくお付き合いさせて頂きました。筑紫に残された私はまた大伴卿と一緒に都で詠む機会を待っていましたが、今日は大伴卿との最後のお別れと聞いて一族外ながら馳せ参じました。あいにく、先日官より無粋な禁酒のお触れが出ています。官人の私が真っ先にお触れに反したと言わないよう、この歌は作者不詳としてもらいましょう、

**官《つかさ》にも許したまへり今夜《こよひ》のみ飲まむ酒かも散りこすなゆめ**　不詳（八／一六五七）

**許された者同士が今宵飲む酒だ、夢にも明日まで飲みこさないように**」

言い終えた憶良はまたふらついて人に助けられてようやく椅子に腰を下ろした。それを見とどけて坂上郎女は隅にたむろする資人《つかひびと》たちに向って、

「旅人に仕えて来た資人は本当に長い間ご苦労さま。おかげで旅人は六十七歳、大納言・従二位で立派に終えることが出来ました。死後半年過ぎ、官の定めで皆さんと別れなければならない。今後の身の振りについては官に特別な計らいをお願いしてあります。本当に長い間ありがとう。余明軍《よのみやうぐに》よ、資人を代表して一言挨拶しておくれ」

余明軍が涙でぬれた顔を上げて、

「私は大伴卿がまだ若くお元気のころからお仕えして三十年以上になります。五年前太宰府に着くとすぐ奥方・大伴郎女が亡くなりました。私は御遺骸を都へ持ち帰り、大刀自と相談して邸内の奥、小高い場所を選んで墓を作り周りを整備してきました。本当に長くお側で使って頂き、犬馬のような私ですが慕《した》う心の中の感緒《おもひ》に勝《あ》へず…

はしきやし栄えし君のいましせば昨日も今日も吾を召《め》さましを　（三／四五四）

お慕わしく栄えておられたお殿がご存命なら、昨日も今日も私を召されたことだろうに

かくのみにありけるものを萩の花咲きてありやと問ひし君はも　（三／四五五）

これが定めだったのですね、死の床にあって萩の花は咲いたかと問うたお殿はおられない

幼い頃から成長を見てきた家持様とも今日でお別れです、ご立派に成長されますように」

「心のこもった挽歌ありがとう。別れは残念だけどみんなも頑張って下さい」

郎女はここが中締めの頃合いと見て声を励ました、

「皆さんと一緒に楽しいひと時を過ごしました。故人もきっと喜んでいるでしょう。喪主の家持と共に篤くお礼を申し上げます。ここで古くから伝わる『久米・大伴の歌』で一族の意気を示しましょう。さあみんな、賑やかに踊り歌いましょう。

おさかの　おほむろやに　　忍坂にある大きな岩穴に
ひとさはに　きいりをり　　人びと多く　集まりおり
ひとさはに　いりをりとも　　人びと多く　入りおるとも
みつみつし　くめの子が　　強い力の　久米の子たちが
くぶつつい　いしつつい持ち　　こぶ付き槌《つち》や　石槌《つち》を手に
うちてしやまむ　　撃《う》ち倒してしまおうぞ
みつみつし　くめの子らが　　強い力の　久米の子たちが
くぶつつい　いしつつい持ち　　こぶ付き槌《つち》や　石槌《つち》を手に
いまうたばよろし　　今こそが撃《う》つに良いおり

酒はまだまだあります。各々がた、酔いつぶれるまで飲んでください」

〔三浦佑之　口語訳古事記　文芸春秋〕

古慈悲が言う『蔭位の制』によれば、自分は二十一歳で従六位下・内舎人《うどねり》（有力貴族から特に前途有望な子弟を選び天皇に近侍して護衛・雑使などに奉仕する役）として朝廷に出仕できる身分のようだ。老いた父・旅人が遠い九州勤めしたのも幼い自分の将来を考えて…、目を閉じると茫洋とした父の温顔が浮かんできた。官人として勤めた父の生涯を目標にこれから生きて行こう、また歌の世界でも父に負けないように。

先日の大伴一族の集まりで、家持は太宰府以来久しぶりに会った山上憶良に作歌を独習する方法や、郎女が塾で使う歌の教本について尋ねた。

「この通り慢性の病に悩み、辛うじて生きている身なので他人に教えるのもおこがましいですが、折角ですからご説明しましょう。

私が首皇子の教育用に『類聚歌林』を編んだ頃も、自分の歌作りには『柿本人麻呂歌集』を使いました。『類聚歌林』の優れた歌を鑑賞しますが、『人麻呂歌集』にはいろんなレベルの歌があるので、時々の自分の気持ちに合う歌を探して作歌の手本にできるからです。この方法はきっとあなたや若い人たちにも役立つでしょう」と言って昔作ったという綴りを取り出した。その表紙は擦り切れていたが中は昔の努力の跡が生々しく、憶良らしい細かい字で几帳面に書かれていた。雑歌、比喩歌、挽歌などの分類の中を更に項目別に配列し、各項の先頭に『人麻呂歌集』から選んだ歌を、続いて自作歌や自ら集めた他人の類歌を並べてあった。

「良いお話を伺い、その上貴重な綴りまで頂いてありがとうございました。この綴りに倣って『宮廷古歌集』の歌を追加し分類し直せば、私たち初心者が作歌を練習し、宴で歌を詠むための準備にきっと役立つでしょう」

最近家持は歌の勉強に疲れると、屋敷内の弓場でひとり弓を引くのを日課としていた。大伴家は古来天皇の伴《とも》として御身を護る使命を持ち、平城宮正面の大伴門（後の朱雀門）を護る衛士が背に靫《ゆき》を負い手に弓を持つように、弓は大伴一族にとって精神的な支柱である。家持は独り弓を射ていると自分の心と先祖から伝わる神聖な心とが一瞬つながる気がする。背に負う靫から一本の矢を取り出し、最近目にした古歌を口ずさんで弦を引き絞る、

**大夫《ますらを》がさつ矢手挟《たばさ》み立ち向ひ射る円方《まとかた》は見るにさやけし**　舎人娘子（一／六一）

**勇ましい男が矢を手に挟み持って射る的のように、この円方は実に目に鮮やかで美しい**

射る円方《まとかた》は…の所で指を離すと矢はヒョーと音を立て一直線に的へ飛んで行く。

幼い頃家持は病弱でよく熱を出し下痢をして周りを騒がせた。しかし太宰府で日課として始めた弓の練習のお蔭だろうか、筋肉も発達し大人の体へ成長して来たので嬉しく思っていた。ひと汗かいて部屋に戻りまた古歌集を手に取って読み続けた。

考えが少しずつ固まって来たので、次に坂上郎女に会ったとき話してみた。

「『類聚歌林』など従来の歌集は、天皇の周りの貴族らに詠われ口誦されてきた歌を集めていました。歌の内容によって『雑』『相聞』『比喩』『挽歌』の部立てに大別され、その中はおよそ時代順に並べてあります。最近は漢字を使って歌を読み書きするので、詠う人の範囲も広がり『人麻呂歌集』や『古歌集』など、身分の上下によらず多くの人が詠んだ歌が残るようになりました。しかし後《のち》の人が自分の好きな歌を読みたい時、作歌の参考にしたい時、どこに自分の欲しい歌があるのか探すのが大変です。そこで『類聚歌林』と『人麻呂歌集』、『古歌集』を統合し並べ方を工夫して、読んで面白く作歌の参考になる歌を探し易くした教本を作ろうと思います。

また男と女の恋歌が主になる『雑』『相聞』の部は多くの歌があるので、さらに春、夏、秋、冬に分けて載せる方が良いと思いますが…」

「それは良い考えね。三つの歌集を組み合わせるのも、雑歌と相聞を四季別に分類するのも。いっそ季節の歌の中を『花』や『鳥』など具体的な言葉で小分類したらどう？　雪のような梅の花が咲いたとか、待ち焦れていたホトトギスが鳴き始めたなど、詠んだ花や鳥によって歌の趣《おもむき》は違う。先人の歌と同じ花や鳥を取り上げれば、元歌の情緒に自分の想いを重ねて、複雑な内容が詠える気がする」

「さすが、豊かな作歌経験から来る叔母さんのご意見は非常に説得力があります。参考にしてやってみましょう」

## 六　多治比家を訪ねて

天平五年一月、三月の出航が迫っていた天平遣唐船の大使・多治比広成は、単身山上憶良の家を訪ねて航路の安全を祈る歌の制作を依頼した。憶良は名誉ある役目を依頼されて感激し、短い間に最後の力を振り絞って壮行歌を完成した。

『好去好来《こうきょこうらい》の歌』
神代より言ひ伝て来《つ》らく《く》　そらみつ倭の国は　皇神《すめがみ》の厳《いつく》しき国　言霊《ことだま》の幸《さき》はふ国と　語り継《つ》ぎ言ひ継《つ》がひけり…　長歌は以下口語訳のみ

神代の昔から言い伝えられてきたことには、大和の国は皇祖神の厳しく護る国、言霊《ことだま》の幸いする国である。今の世には多くの人が居るけれど、日の輝き渡る朝廷に神の御心さながらに寵愛され、天下の政治を御執りになった名門の子として、お選びになった天皇のご命令をいただき遠い唐国へ派遣される。

海の岸や沖に鎮座し支配している諸々の神たちは船の舳先《へさき》に立って先導し、天地の神大和の大国魂《おおくにたま》の神は大空を飛び翔《か》って見渡して照覧されるだろう。使命を終えて帰る日には再び神たちが船の舳先《へさき》に手をかけて、墨縄《すみなわ》引くように五島の値賀の崎から大伴の御津の浜辺にまっすぐ船は辿りつくだろう。つつがなく無事で早くお帰り下さい。（五／八九四）

反歌

**大伴の御津《みつ》の松原かき掃《は》きて吾《われ》立ち待たむ早帰りませ**

大伴の御津の松原を掃き清めて、私はずっと立って待って居ます、早くお帰り下さい（五／八九五）

高齢で病に伏す憶良は遣唐使船が難波の港から出帆する儀式に出席できないので、歌を詠み餞《はなむけ》する役を家持に依頼した。船が唐に向けて出航して間もない六月、憶良は亡くなった、享年七十四歳。もちろん広成ら遣唐使船の日本への帰りを見ることはなかった。

辞世の歌として

**士《をのこ》やも空《むな》しかるべき万代《よろづよ》に語り続《つ》ぐべき名は立てずして**（六／九七八）

**男子たるもの空しく世を去って良いのか、万代まで語り継がれる名声を上げることなく**

天平五年（七三三）三月、難波の津での遣唐使船四隻の出航式には都から多くの官人や縁者が集まり、船縁《べり》では中納言・多治比《たじひ》県守《あがたもり》が朝廷を代表して歓送の儀式を執り行った。県守は長屋王亡き後の今の政権で藤原武智麻呂に次ぐ重鎮であり、また前の養老遣唐使では押使《おうし》を拝命し、一年後に無事四艘一緒に帰国させた力量は関係者に高く評価されていた。さらにこの天平遣唐使船の大使多治比広成は実弟なので、多治比家からも多くの見送り人が来ていた。

四隻並んだ大船の中でもひときわ立派に飾られた大使船の前に、見送る大勢の人たちの輪ができていた。県守は輪の中に家持が憶良の『好去好来歌』を詠う姿を見つけたので、忙しい儀式の合間をぬって近づいた。「お前が九州から戻ったと聞いているのに、一度も自家《うち》に来ないので留女も淋しがっているぞ。なるべく早く自家に遊びに来なさいよ」

太宰府から帰る船の中で、家持は自分の出生や母のことを坂上郎女から聞いて始めて知った。その後父・旅人は病床に臥しやがて亡くなったので、父に事情を質《ただ》して相談する機会を失った。幼い頃亡き大伴郎女に連れられて何度も多治比家へ行ったが、その時乳母と思っていたのは実の母、県守は祖父、乳母の弟の国人は叔父、幼い留女は実の妹であると知った。はるか太宰府で家持が独り都を想うとき、まず浮かぶのは多治比家での団らんの光景だったのに…。みんなに裏切られたようで腹立たしく、帰京後もすんなりと多治比家に行く気になれなかった。

四月も終わる頃、家持は多治比国人に強引に連れられて懐かしい多治比家の門をくぐった。玄関には留女が出て来て迎えた。四年前にはまだ幼かった留女も、すっかり大人びた感じで挨拶し、終わるとすぐまた母の居る勝手の方へ駆けて行った。母は食事の手配や指示などで忙しく顔を見せなかった。県守は若者たちが自分の部屋に入って来て雑談を始めたので、ちょうど良い機会だと思って先日の遣唐使船の話を始めた。

「三月に難波港で見送った広成らの遣唐使船四隻は、先日那の津を経て五島列島の福江島の港から中国の港・寧波へ向けて出帆したと連絡があった。順調に航海して無事長安の朝賀の儀に出席して欲しいものだ」

なかなか話の輪に入って来ない家持を気にかけながらさらに続けた。

「遣唐使が一段落したと思ったら今度は遣新羅使の方に問題だ。わが国は天智帝末期から二～三年置きに朝鮮の新羅へ使節を派遣し、新羅は答礼として日本に朝貢する形で二十回ほど行き来してきた。しかし新羅は最近北の高句麗を滅ぼして強力になり、朝鮮に残っていた唐の勢力を駆逐して朝鮮全体を統一したので、日本への朝貢を止めたいと言ってきた。先日、わが国が新羅の北・高句麗の故地に新しくできた渤海《ぼっかい》国に派遣した使節の話では、唐と新羅が連合して日本を攻める気配があるという。それで六十歳を過ぎた私は近く山陰道節度使に任じられ、最後の仕事は山陰の諸国を回って不審な船を見張る警固式《けいごしき》（対外防衛マニュアル）を作ることだ。従来遣新羅使は遣唐使に比べて地味で一段低く見られていたが、二年後・次回の遣新羅使は新羅の都・慶州の宮廷で先方の意図を探り、戦意を挫《くじ》く重要な役目を担うだろう」

脇に座る県守の長男・国人が口を挟んだ、

「唐・新羅の連合軍が日本を攻めるという噂も世間の矛先をかわすため藤原氏が流しているのではないですか。最近国内では、畿内にまで蔓延する疫病や昨年から続く全国的な干ばつ被害の拡大で、藤原四兄弟政治への不満が広がり、専制を批判する世間の目は『長屋王の呪い』の噂や頻発する放火となって現れている気がします。お父さんも少し藤原氏と距離を置いた方が良いですよ」

県守は思いがけず自分の政治姿勢を批判されたので、躍起となって、

「わしが正使だった養老の遣唐使では三男の藤原宇合《うまかい》が副使船を率いて無事日本へ帰着した。また私の後の東北鎮守将軍として蝦夷の反乱を鎮圧して多賀城を置き、その功で都に

帰って式部卿となった。長屋王の変ではその式部卿宇合から直接話があったので私は長屋王を糾弾した。今度は山陽道節度使としてわしと協力して西国の警備に当たる予定だ。とにかく律令体制を維持・運営するには、藤原氏の働きが大きくまた必要なのだ」

「それは分りますが、聖武天皇には基皇子が幼少で亡くなってから十年余り、光明皇后に世継ぎが生まれない。藤原氏側が女の阿倍内親王を強引に皇太子にすれば、一波乱あるのではないでしょうか。県犬養広刀自夫人の生んだ今年七歳になる安積親王を皇太子にと考えている一派もありますから」

県守は父旅人より十歳ほど若く、国人は自分より十歳位上か。二人の適当な年齢差でこそ成り立つ親子の対話がうらやましく、家持は密かに耳を傾けていた。

宴会の用意が出来たという声があって、一同は広座敷の方へ移った。主の県守の隣に家持、二人を挟んで一族・十人ほどが円くなって座った。母は部屋に入ると「しばらくの間にずい分大きくなったね」と言って家持に笑顔を見せたが、次々に食事を運ぶ女たちへの指示で忙しかった。宴が始まり酒も入って一段落すると、県守が声を上げた。

「神亀四年（七二七）太宰府大弐だった私が民部卿に昇進して都へ戻るとき、新任の帥・旅人卿が餞《はなむけ》に詠ってくれた。

**君がため醸《か》みし待酒《まちざけ》　安《やす》の野にひとりや飲まむ友無しにして**　（四／五五五）

**貴方のために醸《かも》した待ち酒を、貴方が居なくなったこの安の野で一人飲むことになるのか**

あの頃、娘・大伴郎女は旅人に随《したが》って遠い太宰府にやって来たが、知る人も無く心細かったただろう。わしと会って喜んでいたのに、皮肉なことに入れ違いにわしは都に戻り、娘は間もなく亡くなり、昨年は旅人も亡くなり淋しくなった。家持は大伴氏の氏上を継いで、これから大変だろうが頑張りなさい。所でお前は今どんな事をしているのか」

促されて家持は最近内舎人になる準備をするかたわらで倭歌の勉強をしていますと答えると、長男の国人は喜んで、

「私たち宮廷に勤める若い官人達はときどき集まって倭歌を詠み合い、併せて今の政治を

論じて将来に備えている。律令制になって官人の任官や昇進すべての面で四書五経など漢学の素養が第一とされ、漢文化や仏教文化が盛んになる一方で、倭歌などわが国古来の文化は軽視されるようになった。上皇や葛城王（後の橘諸兄）の支援を受け、われらは唐・漢の文化に負けまいと頑張っているが、最近若い官人があまり入って来ない。家持は早くわれらの仲間に入って倭歌を盛り上げてくれ」

母は男たちの話には入らず傍らの留女と話しながら、少し離れた家持の話にも頷いていた。特に四年前と変わらない様子に拍子抜けすると共に、留女のように母親に甘えられなかった自分の過去を思った。やがて留女は眠くなり母に連れられて寝室へ下りて行った。やがて母が戻って来た時、消え残ったかがり火のうす暗い部屋の中で、家持が一人ぽつねんと座っていた。母は「今夜は私もお酒を飲みたい」と言い、二人で集めて来た残りの酒を手酌で飲みながら、旅人とのいきさつや自分の気持ちを語り始めた。

若い時求められてある親王と結婚したがその親王が異常死されたので、多治比の実家に戻っていたこと。大伴家に嫁した姉に子が出来ないので、姉の子として家持を産むことになった経過など、内容は坂上郎女から聞いた話と大差なかった。しかし、ごく自然にゆっくりとした話しぶりに、家持は何となく納得する気になっていった。

「姉と結婚した旅人と家で初めて会った時、私はちょうど今の留女くらいの年頃で、やさしく頭を撫でてもらってうれしかったことを覚えています。

**高円《たかまど》の秋野の上の撫子《なでしこ》の花うらわかみ人のかざしし撫子の花**　丹生女王（八／一六一〇）

高円の秋の野に咲く撫子の花よ、私が若い頃手折って髪に挿してくれたあの撫子の花よ

旅人は太宰府に向かう途中、都に残った私を気遣って名物の吉備の酒を送ってくれました、私が返した歌。

**天雲《あまくも》の遠隔《そくへ》の極《きはみ》遠けど情《こころ》し行けば恋ふるものかも**　丹生女王（四／五五三）

貴方の行く所は空の果て遥か遠いけれど、心がそちらへ届けば恋しく思ってくれますか

古人《ふる》の食《たま》へしめたる吉備《きび》の酒病《や》めばすべなし貫簀《ぬきすたば》賜らむ　丹生女王（四／五五四）
折角送って下さった吉備の酒を飲んで床を汚すといけない、下に敷く貫簾《ぬきす》が欲しいのです

やがて旅人から来た歌では亡くなった姉と都に居る私の区別もできなくなったようで
現《うつつ》にはあふよしも無しぬばたまの夜《よる》の夢《いめ》にを継《つ》ぎて見えこそ　（五／八〇七）
現実には逢う術はありません、せめて闇夜の夢にはきっと姿を見せて欲しいのです

私の返し
直《ただ》にあはずあらくも多ししきたへの枕《まくら》さらずて夢《いめ》にし見えむ　（五／八〇九）
直接お逢いできない日が多いですが、貴方の枕を抱いて寝ます逢う夢が見られるように

筑紫で姉が亡くなってから旅人の顔も歌も忘れようとしていましたが、さっき家持を見た途端にあの人を想い出し、そっくりに成長しているのでびっくりしました」
旅人と多治比の姉妹とはそれぞれが許される範囲で相手を気遣い、深い愛情で結ばれてい

たことを知って、家持は心のわだかまりが和らいで行くのを感じていた。

# エピローグ

奈良時代遠の朝廷《トオノミカド》と云われた太宰府は、奈良の朝廷に代わって九州地区の国府を統括する他に外交関係を主管する出先機関でもあった。当時の外交相手は中国の唐と朝鮮の新羅だけなので、官庁は大陸に近い筑紫国（現在の福岡県太宰府市）に置かれた。都から派遣されて働くエリート役人と地場の役人たちは、漢字を使って初めて表現できるようになった役人生活の喜怒哀楽を歌で詠い合った。彼らは筑紫歌壇とも呼ばれ、今日のサラリーマンが身近に感じられる役人同士の歓送迎会での歌も多い。

天平二年（７３０年）正月、太宰府帥（長官）邸で盛大な宴梅花の宴が開かれ、その場で九州地区の主な官人が詠った歌は「梅花の歌」三十二首として、ほぼ半世紀後に編まれた万葉集に残されている。しかし、翌天平三年末、歌壇の中心に居た太宰府帥・大伴旅人とその妹坂上郎女が都へ戻り、次の年筑紫国司・山上憶良が去ると、筑紫歌壇は一挙に衰退し、華やかな歌の場があったことすら忘れられた。一方、彼らが戻った奈良の都でも、すでに人びとの関心は役人としての出世、そのための中国文化の収得へ移っており、日本古来の文化特にその根幹である和歌は敬遠され、漢文・漢詩全盛の時代へと移って行った。

万葉集は口誦時代から飛鳥・藤原京を経て八世紀の寧楽（奈良）時代までの、上は天皇から名もない庶民まで、幅広い階層の人が詠んだ歌、約四千五百首を納めた世界に類のない古代歌集である。成立の由来を語る「序」が無く、同時代の書物にも万葉集に関連する記述が無いので、誰が何の目的で多くの歌を集め、現在見るような歌集を完成させたのか、定説はない。奈良時代初期は大宝律令の施行に伴って、ヤマト朝廷以来の豪族による氏族制が崩壊して官僚制に移行する時期であり、古来天皇を守る武門の名家・大伴家の人びとも官僚制に組み込まれ、やがて藤原氏を中心とする権力闘争に敗れて、苦しみながら没落して行く。

時代が激変する中にあって、大伴家持は万葉集に最多の四七三首を残し、その父・旅人の七八首、叔母で義母となる坂上郎女の八四首を含めると、万葉集全体の一四%を占めている歌人一家の最後のエリートである。旅人や坂上郎女、山上憶良らの歌を引き継ぐと共に、栄光ある武門一族を形ばかり引き継いだ家持は、官人としての難しい立場にありながら、飛鳥・奈良時代からの和歌を守る歌人として多くの秀歌を作っている。更に前代から残されていた多方面にわたる数多くの歌を整理して万葉集の完成に務めたが、協力者も無くなって作業は次第に進まなくなった。

七十歳近い老齢の家持が延暦四年（七八五年）鎮守将軍として、東北の出先官庁・多賀城（現在の宮城県多賀城市）で亡くなると、時の桓武天皇は歌人大伴家持こそ奈良から長岡京への遷都に反対した黒幕であると断定し、証拠として押収された万葉集の草稿は「桓武帝の呪い」と噂され、宮廷奥深くに眠ったままになった。

平安時代も半ば、八九四年第五九代宇多天皇に抜擢された菅原道真の建白によって、二百六十余年続いてきた遣唐使の派遣は廃止された。この頃の唐は先代の玄宗皇帝が楊貴妃に迷って起きた騒乱によって唐帝国の衰退が著しく、我が国にとって多大な人的・財政的出費に見合う派遣成果が得られないという理由であった。その後和風回帰の動きが出て来て、人々の関心も漢詩から和歌（短歌）へ移った。

しかし次の醍醐天皇に移ると、道真は左大臣藤原時平に讒言され、大宰府の帥として都を追われた。筑紫に配流された道真がわが身を嘆いた歌として有名な、

**東風《こち》吹かば匂《にお》い起こせよ梅の花、主《あるじ》無しとて春を忘るな**　（拾遺集）

**東風が吹いたら美しく咲いておくれ梅の花、主が居なくても春が来たのを忘れるなよ**

和漢の学問や詩歌に長じ、自身が詠んだ短歌百余首を万葉仮名で記す『新撰万葉集』を発表するほど万葉集に憧れていた道真には、遠い九州に左遷された嘆きの歌というより、大宰府帥として大先輩の大伴旅人に因んだ『梅花の宴』を偲んで詠った歌と考える方が相

応しいのではないだろうか。

ともあれ世間では左遷先の大宰府で恨みを飲んで死んだとされる道真は、やがて強力な怨霊となって京の仇敵を相次いで急死や失脚に追い込み、雷神となって御所を炎上させた。恐れ驚いた朝廷は道真を『天神』として盛大に祀り上げ、一方「さわらぬ神に祟りなし」と万葉集の箱のふたを再び固く閉ざした。

醍醐天皇は紀貫之らに古今の名歌を集めるよう命じ、九〇五年、に献上された『古今和歌集』は我国初の勅撰万葉集という名誉を得た。万葉集は「古」の歌の代表として形式的尊重されているが、そこから採った歌はほとんど無い。

次の村上天皇は歌人としての自負もあり側近の藤原伊尹《これただ》に、僅かな歌人たちが「桓武帝の呪い」を破って万葉集を盗み見ている現状を改めて、誰にでも読める形で提供するよう命じた。当時は既に「かな」文字を使った物語や和歌が一般化しており、万葉仮名で書かれた和歌を読める人は居なかった。解読の実作業を命じられた源順、清原元輔（枕草子の著者、清少納言の父）ら宮中の梨壺宮に伺候する五人は、ようやく日の目を見た謎の怪物を前にして途方にくれた。

漢字だけで書かれているが漢詩ではなく、やまとことばを写したとも思えず、音・訓の何れを表わすか分からない無表情に連なる漢字列は、どこで句切ればよいのだろう。

同じ「い」を表すらしい所でも、作者によって伊・夷・以・異・已・移・射…など、幾種類かの文字が適当に使われている。さすがの家持も老いるにつれ、このように雑多な四千五百余首の資料をまとめた集として完成できなくなったのではないか。

梨壺の五人には参考に使える辞書や類書もなく、短歌の方は何となく意味は取れるが、長歌と思われる方は完全にお手上げである。こんな状況でも五人が力を合わせて試行錯誤や類推作業を続けていると、濃い闇の中で化石のように眠っていた歌が次々に蘇えり、約四千首は体系的かつ組織的に「かな」に置き換えること（「古点」という）に成功した。

ピラミット建造時代の古代エジプト文字を解読した仏学者シャンポリオン、江戸時代オランダ語で書かれた解剖書を解読し「解体新書」を出版した杉田玄白らの努力にも比べられる困難な作業であっただろう。

かれらの努力が実って、半世紀も経つと万葉集は皇后宮に勤める清少納言、紫式部ら下級女官にも必須の教養書と見做されるようになり、彼女たちは「和歌」と「漢字仮名交り文」という有力な表現手段を使って、自ら蜻蛉日記・枕草子・源氏物語など今日の世界にも通じる数多くの作品を著すようになった。以後今日まで約千年、残された五百首の解読を進め、先人の読み誤りを正して後代に伝える歌人や学者たちの努力もあって、万葉集は日本文学の古典として、多くの人々の支持を得てきた。

明治以後、長く和歌の主流と見做されて来た古今集及び以後の勅撰集の技巧的で優美繊細な歌風に比べ、万葉集は感情を素直に表現する直情的な歌が多いとか男性的でおおらかと、高く評価されるようになり、学校の教科書にも多くの歌が採用されるようになった。

先の大戦中にはその「ますらお（丈夫）ぶり」が戦意高揚に役立つとされて、

大伴家持の「陸奥国より金《くがね》を出《いだ》せる詔書を賀《ことほ》ぐ歌」の長歌

「・・・大伴の遠き祖先の、その名を大久米主と名乗りお仕えして来た役目がら、海へ行けば水に浮かぶ屍、山へ行けば草むした屍をさらすとしても大君のそばで死のう、わが身を顧みるようなことはしないと誓って来た。・・・」（一八・四〇九四）

下線部が「海行かば」の歌詞として使われ、多くの若者を戦場に誘うような影響を与えた。古来天皇を護る武門大伴家の当主という立場の家持が、衰えつつある一族の結束を促すために詠んだ歌詞の一部が、日本の若者が持つべき精神の柱として称揚されたのである。

日本の年号の長い歴史の中で、初めて自国の作品から選ばれたという「令和」に改元されるにあたり、万葉集の大伴旅人・家持親子の歌との不思議な縁を感じる。

著者　八木　喬（やぎ　たかし）

一九三九年　新潟市生まれ
一九五八年　新潟高校卒
一九六四年　東北大学工学部電子工学専攻修士課程修了
　　　　　同年　㈱安川電機入社
　　　　　研究所、プラント設計、ロボット開発、関連会社勤務を経て
二〇〇二年　退職　福岡県北九州市八幡東区在住


以来第二の故郷になった福岡で、折に触れて身近の遺跡や由緒ある神社等を訪れ、関連して万葉集に興味を持つようになった。そして万葉の主要な歌人である大伴旅人や山上憶良の殆んどの歌は奈良の都ではなく九州の太宰府で詠んだものであり、また防人の歌には勤務地である北部九州は殆ど登場しないことを知った。さらに千年に渡って万葉集に関する研究書や解説書は多く書かれて来たが、誰が何のために万葉集を現在の姿にまとめたのか、大伴家持の万葉集への関与の仕方、家持の後半生については、依然多くの謎があることも知った。そこで自らの疑問に答えるように、万葉集に収録された多くの歌の作者、日時や説明文の背景を手掛かりに奈良時代の歴史を調べながら、平成二十七年『大伴家持と万葉の歌魂』を櫂歌書房より出版した。

和歌でつづる 万葉集物語 上巻
令和 梅花の宴
ISBN978-4-434-26036-0

発行日 令和元年 5月 1日 初版 第1刷
著 者 八木 喬
発行者 東 保司

発 行 所
櫂歌書房
〒811-1365 福岡市南区皿山4丁目14- 2
TEL 092-511-8111 FAX 092-511-6641
E-mail:e@touka.com http://www.touka.com

発売所 株式会社 星雲社
〒112-0005 東京都文京区水道 1-3-30
TEL 03-3868-3275